IM PRESS

Давид Гай

УПАКОВАННАЯ ЛУНА

Роман

BOSTON • 2022 • CHICAGO

Давид Гай
Упакованная луна. *Роман*

David Guy
The Packed Moon. *A Novel*

ISBN 978-1-950319916

Edited by Marina Tyurina Oberlander
Book Design and Layout by Yulia Tymoshenko
Cover Design by Valery Bochkov

Published by M•Graphics | Boston, MA
　　⌨ www.mgraphics-books.com
　　✉ mgraphics.books@gmail.com

In cooperation with Bagriy & Company | Chicago, IL
　　⌨ www.bagriycompany.com
　　✉ printbookru@gmail.com

Printed in the United States of America

В Нью-Йорке умирает старый писатель-иммигрант. Остаются три чемодана его архива. Волей обстоятельств архив попадает к внуку, выпускнику Гарварда, свободно говорящему и читающему по-русски. Разбирая бумаги и фотографии, внук как бы примеряет на себя жизнь деда. Перед ним предстаёт яркая человеческая судьба — с закавыками, находками, потерями, страданиями, любовью, изменами, горестями, утратами, обретениями. Предстоит разгадать секреты, тайны, заглянуть в сокровенные уголки души, ответить самому себе на вопрос, на который дед уже не ответит: выше ли то, к чему он стремился, чем то, с чем боролся?

Органичным образом в канву повествования, ведущегося от имени внука, вписывается война в Украине: он вовлечён в события, вызванные агрессией России, участвует в спасении киевлянки — внучки близкой подруги деда. И неожиданная развязка...

Всё это придаёт роману острую актуальность.

То, что сжимают — расширяется.
То, что ослабляют — укрепляется.
То, что уничтожают — расцветает.
Кто хочет отнять что-нибудь у другого, непременно
потеряет своё.

Лао Цзы

Самая большая вина русского народа в том, что он
всегда безвинен в собственных глазах. Мы ни в чём
не раскаиваемся. Может, пора перестать валять
дурака, что русский народ был и остался играли-
щем лежащих вне его сил?.. Удобная, хитрая, подлая ложь. Всё в России делалось русскими руками,
с русского согласия, сами и хлеб сеяли, и верёвки
намыливали. Ни Ленин, ни Сталин не были бы на-
шим роком, если бы этого не хотели.

Юрий Нагибин, 1994 г.

Ни Путин.

Давид Гай, 2022 г.

Человек — это животное, которое сошло с ума. Из
этого безумия есть два выхода: ему необходимо
снова стать животным, или же стать большим, чем
человек...

Карл Юнг

1

Дом глазел на меня с прищуром, исподлобья — что за птица залетела и откуда; сруб двухэтажного строения, много лет поливаемый дождями, полоскаемый снегами, обдуваемый ветрами, напоминал заброшенного, убогого, неприбранного, карзубого, одиноко мыкающего век старика с глубокими бороздами на лице, как при неровной вспашке. Дом понурился, скукожился, бревенчатые бока почернели, из щелей торчала пакля, его давно не ремонтировали, не красили. Заделка паклей щелей по-русски именовалась конопатка — я узнал мудрёное словцо с помощью интернета, искал аналог в английском и нашёл — *caulking*.

Конопатка выталкивала на поверхность дурацкий стишок, услышанный от вспоминавшего детство деда: *«Рыжий, рыжий, конопатый, убил дедушку лопатой, а я дедушку не бил, а я дедушку любил...»* Конопатый, как я выяснил, означает «рябой, веснушчатый», к заделке щелей не имеет никакого отношения — просто созвучие и не более.

В этом доме, когда-то единственном двухэтажном на всей улице подмосковного города, родился мой дед, и этот непреложный факт затейливой его биографии привёл меня, жителя Нью-Йорка, сюда.

В поездке меня сопровождал старинный московский друг деда, я обращался к нему «дядя Генрих», а он ко мне — Кирилл, иногда Кирюша. Он отреагировал на дом, показалось, сокрушённо-разочарованно — вот ведь в какой халабуде обитал его дружбан... А я воспринимал увиденное как мёртвую оболочку, хитон мухи, их которой паук времени высосал содержимое. Здесь жили люди, надо думать, невысокого достатка, иначе перебрались бы в более приемлемое жильё — вон по соседству какие отгрохали кирпичные хоромины, крытые жестью и светлой черепицей...

В ранний час выходного дня обитатели дома спали, двор пустовал. Дед вспоминал: первый этаж делили его семья и родные сёстры отца: врач Роза с мужем, учительница Маня с дочерью и ещё старушка с племянницей, приехавшие из города Касимова на Оке. Окна дедовской квартиры с остеклённой верандой смотрели на огороды, клумбы с цветами и деревянный туалет, куда ходили по малой и большой нужде все жильцы. Внутри холодного сортира, зимой с корками льда вокруг дыры, называемой «очком», на гвоздике висели аккуратно нарезанные и подсушенные полоски газеты «Правда» — о туалетной бумаге тогда и понятия не имели. Я воспринимал этот рассказ как нечто фантасмагорическое, потустороннее, из какого-то другого века, но никак не 20-го.

Дом имел достопримечательность: будучи самым высоким и приметным, он вывешивал флаг на праздники 1 мая и 7 ноября. Флагом ведал Ильгин, живший на втором этаже, чьи окна смотрели на улицу. Дед ворошил в памяти: в процессе водружения флага на фасаде, аккурат под окнами Ильгина, участвовали, словно в ритуале, все обитатели в виде сторонних наблюдателей. Ильгин ставил лестницу-стремянку, забирался наверх и приколачивал к бревну сруба древко с алым полотнищем.

Ильгина соседи не любили, за глаза называли *стрикулистом* (ещё одно незнакомое мне заковыристое слово, обозначавшее «ловкач», «проныра», «прохиндей». Взяв курс русского языка в Гарварде, я уже имел представление о невиданном богатстве лексики). В престижный университет я попал благодаря отличной учёбе и успехам в спорте. Занимался фехтованием на сабле, тренером был мой отец Семён, бывший чемпион СССР. Фехтование в Америке развивали многие тренеры из Советского Союза, мат у них не сходил с языка: американские ученики всё равно не понимали... Я же обсценную лексику освоил достаточно рано, однажды пострадав от излишнего знания. В одном из сабельных поединков на международном турнире выразил недовольство решением судьи, непроизвольно вырвалось: «У, блядь!», судья мигом показал жёлтую карточку, а мог и красную. Рефери был канадец с предками из Украины, русские нецензурные слова и фразы он, оказывается, хорошо знал.

Впрочем, «стрикулист» не относился к арго, в обиходе использовался часто.

А ещё дед запомнил, как недобро зырился его отец, задрав голову и наблюдая за стараниями Ильгина, укреплявшего древко флага. Он терпеть не мог красные полотнища, под которыми ходили на праздничные демонстрации толпы людей и которые украшали фасады советских присутственных мест. На эту тему, понятно, не распространялся, но после смерти Сталина своей нелюбви от 12-летнего сына не скрывал. Тогда же Даня, мой будущий дед, узнал, что отец его сидел по политическому обвинению и чудом вышел из тюрьмы, а мужа сестры Мани расстреляли в 1938-м. Отец рассказал Дане: по достоверным сведениям, Ильгин строчил доносы. На партсобрании коллега-сосед шепнул, указав на обложку брошюры вождей революции: «Смотри — что у Ленина спереди, у Сталина сзади». Имел в виду инициалы В.И. и И. В. После доноса схлопотал «десятку» и узнал от следователя, кто на него настучал. В лагере уцелел, вышел по амнистии после кончины вождя и крепко побил доносчика.

Дед начал соображать, что к чему в стране, где суждено было родиться, после 5 марта 1953-го, о чём подробно поведал в многостраничной саге. Я неоднократно перечитывал место, в котором он описал безумную пьяную ночную исповедь отца, праздновавшего смерть тирана и не побоявшегося открыть мальчугану правду. Дед неоднократно вспоминал ту ночь своего прозрения, открываясь для меня новыми стёклышками затейливого калейдоскопа...

С Ильгиным судьба обошлась жестоко — в начале 50-х его единственный сын погиб, наказанный за богохульство. Так отпечатались в моей памяти очередные откровения деда. Виталий Ильгин учился в военной академии, готовившей политработников-комиссаров. С двумя друзьями приехал домой отметить день рождения. Крепко выпили, нелёгкая занесла их на кладбище, где парни начали соревноваться, прыгая через могилы — кто на спор одолеет самую высокую ограду. Виталий неудачно прыгнул и повис на острых пиках ограды, пропоров живот. «Скорую» вовремя не смогли вызвать, и он, истекая кровью, *окачурился*. (Слово это я долго заучивал, но произносить правильно так и не научился...)

Таких похорон улица ещё не видела. Прибыл личный состав курса, военный оркестр играл траурную музыку, гроб с телом Виталия несли на руках до автобуса, направлявшегося на то самое кладбище. Соседи молча провожали в последний путь. Один из них, дед отчётливо услышал, пробормотал: «Кощунник» и добавил: «Бог, он всё видит…»

«Кощунник» пополнил мой список заковыристых, вкрадчивых, воинственных, ворчливых, поучительных и иных слов, которые прошли мимо в период изучения русского языка в Гарварде.

Кто теперь живёт в дедовской квартире, было неизвестно. Заходить туда я не захотел — после стольких утекших лет его дух начисто испарился.

Я смотрел на дом и видел кучерявого мальчишку в штанишках на помочах (детских подтяжках — интернет расшифровал очередное незнакомое слово), судя по фотографиям, худенького, узкоплечего, вьюном носящегося по двору и улице, наивного, опасливого, немного трусоватого, избегающего драк, ибо природа обделила мускулами; а вот он уже постарше, в сатиновых шароварах, тенниске на «молнии» и китайских кедах, он ещё не знает, что ему уготовано, но по мере взросления всё чаще задумывается над будущим, выглядящим неопределённым и в силу этого пугающим; тогда же, на переходе от отрочества к юности, посещают его непрошенные мысли: если это солнце, и эта вода, и эти деревья когда-нибудь исчезнут для него, то есть исчезнет для них он сам, то стоит ли вообще жить, к чему-то стремиться, не всё ли равно, когда оборвётся его существование, коль оно несомненно оборвётся — и охватывает его жуткая тоска. Всё вокруг кажется унылым, ущербным, бесполезным, бессмысленным, и в голову начинает лезть несусветное. Это называлось не страхом смерти, а *страхом жизни*.

Примерно так дед описывал тогдашнее своё состояние, к счастью, быстро исчезнувшее, как растворившаяся в воде таблетка…

К поездке в Москву я готовился основательно. Проштудировал описанные дедом в повести эпизоды чудесатого детства, сделал пометки. Он часто вспоминал заполошные годы, я слушал и кое-что не ленился заносить в специальную тетрадку. Помогли и «Разрозненные мысли» — дедов дневник, обнаруженный в архивных бумагах. Вёл он дневник от случая к случаю. Но и содержавшееся в нём подвигало на некое осмысление дедова угловатого пути в жизни и литературе.

До этого в России я побывал единожды — на турнире «Московская сабля». Ещё до поступления в университет. Поселился с отцом-тренером в шикарном отеле на Тверской улице. Семён показал дом у Покровских ворот, где жил в раннем детстве, и последнюю квартиру на улице Тухачевского, откуда отбыл в эмиграцию в 1991-м. На родину деда в подмосковное Раменское мы однако не сподобились съездить ввиду острой нехватки свободного времени, могилам родных не поклонились — к крайнему огорчению деда, поручившего нам эту миссию. К близкому другу деда смогли заскочить всего на пару часов. Дядя Генрих настолько растрогался, что пролил слезу.

Нынешний приезд я спланировал на три дня. Российские порядки были мне ведомы: не хотелось заниматься унизительной и прискорбно-глупой процедурой регистрации в полиции. Если находишься в стране не более трёх суток, регистрация не требуется. Я решил уложиться в отпущенный срок.

Остановился у дяди Генриха на улице Врубеля. Дед рассказывал, какие замечательные дни друзья проводили в посёлке художников недалеко от «Сокола», среди садов, хвойных и лиственных деревьев, изумрудной травы — природа щедро вторглась в городской пейзаж. На Новый год однажды гости катались на санках по свежей пороше, оглашая посёлок неприличными частушками… Увы, островку заповедности оставалось недолго жить — в 90-е новые русские оккупировали посёлок, снесли часть старых построек и возвели дворцы безвкусной архитектуры, с претензией на классический стиль — с дурацкими колоннами, неуместными портиками, эркерами и прочей декоративной мишурой.

Тогда же на улице Врубеля появился 30-этажный домина с подземными гаражами. Улица стала шумной, вечный трафик… Но тогда, в пору молодости деда, это, по его признанию, был рай.

Я рая уже не застал. Зато приязнь хозяина ощутил в полной мере. Он окружил заботой и вниманием, иногда чрезмерными — словно расплачивался со мной теплом, недоданным деду ввиду разлуки с ним (дед покинул Россию в 1993-м). Впрочем, дважды они виделись: дед пригласил друга в Нью-Йорк и в Калифорнию, в итоге родился снятый и смонтированный дядей Генрихом фильм, я с удовольствием посмотрел его — ходивший тогда пешком под стол, изредка попадал в кадр…

— Ни один человек не богат настолько, чтобы купить своё прошлое, — меланхолично произнёс дядя Генрих. Наверняка цитата, неизвестно откуда взятая, мне, во всяком случае. Мой спутник немало лет занимался полиграфией, был книгочеем, собрал отличную библиотеку. Начитанности его дед завидовал. Сейчас сказал весьма к месту, и характерный посыл рукой в направлении дома говорил о том, что погружается в назидательные миражи прошлого, пробуя связать их с бесстыдной сегодняшней реальностью.

— Скажи, Кирюша, испытываешь волнение при виде более чем скромного обиталища твоего деда Даниила Дикова? — прозвучало слегка высокопарно. — Задача, которую ты перед собой поставил — написать книгу о нём — её исполнение во многом зависит от твоих переживаний, не так ли?

— Ты прав, дядя Генрих. Между прочим, на этой улочке почти восемьдесят лет назад он едва не погиб. Отразил случай этот в некоторых книгах. Помнишь?

Дядя Генрих имел особенность моментально не отвечать, длил секунду-другую, пока созревала мысль. Вот и сейчас чуть промедлил:

— Что ты имеешь в виду?.

— Только началась война с немцами, мой прадед добровольцем ушёл на фронт, ему уже было сорок пять, прабабушка родила Даню и с… как это по-русски?… с грудничком на руках вышла погулять. И тут её приметила «рама»…

— Припоминаю… — прозвучало после паузы.

В наших с дедом беседах эпизод с немецкой «рамой» занимал особое место — и всякий раз всплывали ранее опущенные детали. Не придумал ли дед эту байку, не сработало ли писательское воображение? — порой закрадывалось сомнение и тут же отбрасывалось — *такое* не придумывают.

«До сих пор не могу убедить себя в том, что моя младенческая память не была собственной, незаемной, возникшей из моего видения и чувствования, а причудливо соткалась из чьих-то рассказов, знакомых сызмальства и осевших в ячейках мозга. Элементарный здравый смысл указывал на тщету моих упований относительно столь рано развившегося рефлекторного сознания, однако я с наивным упрямством никак не мог смириться с взятыми, выходит, взаймы, напрокат ощущениями и азартно, до слёз, всячески доказывал, что *помню* метровой глубины траншею для укрытия жильцов нашего дома на случай бомбёжки, выкопанную за сараями уходившим в ополчение отцом; сухой треск пулемётной очереди, когда за мамой, застигнутой врасплох на улице, прижимавшей живой запелёнатый комочек, то есть меня, вдруг начал гоняться немецкий воздушный разведчик на двухфюзеляжной «раме», каким-то образом залетевший в наш не воевавший город в 45 километрах к юго-востоку от Москвы; *помню* внезапный приезд с фронта в октябрьский день безумства и паники дяди Шуры, майора контрразведки, запретившего матери уходить с беженцами, ибо шансы выжить с грудным младенцам на руках были ничтожно малы; *помню* раненого отца с бородой, впервые увидевшего меня в Лефортовском госпитале через четыре месяца после моего рождения. *Помню* ещё много чего, хотя никак не мог этого помнить».

«Город покуда не бомбили, мать без опасения гуляла со мной на руках — коляски не было. Неширокая, ещё не сплошь застроенная улица одним концом упиралась в рынок, другим — в поросший высокой травой пустырь, где паслись коровы и козы. От железнодорожного полотна и станции улицу отделяло не более трехсот шагов, и жители деревянных домишек засыпали под неумолчный перестук колёс эшелонов. Днём эшелоны шли редко, зато ночью земля гудела.

То ли близость станции, то ли приметный ориентир — наш двухэтажный дом, но однажды над улицей, едва не касаясь печных труб, протарахтел немецкий самолет-разведчик, который на фронте окрестили «рамой». Застигнутая врасплох у высокого штакетного забора мать при виде и впрямь напоминавшего раму двухфюзеляжного чудовища инстинктивно прижала меня к груди, втянула голову в плечи и замерла как вкопанная. Немец сделал разкий разворот и вновь летел над улицей, так низко, что мать (клялась потом, что не могло померещиться) увидела огромные застывше-беспощадные глаза лётчика под очками шлема. Если бы не страшные глаза, она осталась бы стоять у забора, а тут, почувствовав полную беззащитность, побежала в противоположном дому направлении, точно птица, уводящая хищника от родного гнезда.

Самолёт позволил себе спуститься низко, абсолютно уверенный в собственной неуязвимости. Так оно и было: войск в городе не было, зениток тем более, город находился в стороне от района боевых действий. Залетевший сюда разведчик спокойно мог наблюдать, фотографировать, в конце концов он удалился бы восвояси, не подвернись одинокая метавшаяся на дороге с каким-то свёртком в руках женщина. В немце проснулся инстинкт сторожевого пса, особенно яростно кусающегося убегающих.

Мать не слышала пулемётного треска, она только увидела перед собой впившиеся в землю буравчики и упала, ободрав кожу на локте, предохраняя меня от удара. Разведчик сделал новый полукруг и зашёл с другой стороны. Мать успела отползти к забору и накрыть меня собой. Очередь прошила траву и подрубила штакетник, обойдя живую скрючившуюся мишень. «Рама» зло вильнула боками и улетела, окончив охоту.

Ещё не веря, что осталась жива, мать несколько минут лежала не шелохнувшись, поднялась, доковыляла до нашей калитки, вошла на веранду, и у неё начался озноб. Накинула шаль, драповое пальто на толстом ватине — нервная дрожь не проходила. Самое удивительное, что, несмотря на падение матери и очевидное неудобство лежания на траве, я не проронил ни звука, продолжая спать».

Картины эти отсканировались в мозгу и прокрутились кадрами кинохроники. Я вкратце пересказал тексты дяде Генриху, он подтвердил, что вспомнил, и глубокомысленно резюмировал:

— Жизнь от смерти порой миг отделяет. Могло случиться, что ты не имел бы деда Даниила, но, к счастью, не случилось...

Мы стояли у калитки дома, глядя на улицу: заасфальтированная, с давно истреблёнными подорожниками, лопухами, желто-солнечными одуванчиками, выглядевшими в траве крохотными цыплятками, с нежным пухом — дунь и разлетится — улица совсем не походила на прежнюю, из детства деда.

— Дядя Генрих, ты игры послевоенной поры помнишь?

— Игры? — переспросил, кажется, удивившись вопросу. — Мы из эвакуации вернулись в 44-м. Особых игр не было. Ну, тряпичный мячик гоняли, пряталки, «казаки-разбойники», что там ещё... Не равняй московские дворы и здешние улицы — у Дани многое по-другому происходило.

— Он перечисляет: штандр, «ножички», ходули, ловля майских жуков, .. А в школе — жостка, педилка, пристенка.

— Названия знакомые, но мы на улице Врубеля в это не играли. Пожалуй, только жостка в ходу была.

— Мальчишки подкидывали ногой тряпочки с песком, туго стянутые нитками у горловины?

— Верно. Главное — удержать жостку в воздухе как можно дольше, не дать упасть. Некоторые виртуозы по двести очков за раз набивали.

— «Ножички» — отголоски войны с немцами, — считал дед. — Чертился большой круг, делился поровну на две, три, четыре части, в зависимости от числа играющих, каждый занимал свою территорию, начинающий игру втыкал перочинный ножичек с открытым лезвием в «чужую» землю и отрезал кусок, присоединяя к «своей» земле. И твёрдое условие: отрезать дотуда, докуда дотягивался со «своей» территории, притом не опираясь на «чужую» никакой частью тела. Стоило кому-то захватить бо́льшую часть круга, как он слышал: «У, фашист проклятый!»

— Славная игра. Даня прав — отзвук войны. Не кажется ли тебе, дорогой Кирюша, что ... — сделал запинку — что нынешние времена возродили незамысловатые «ножички»: раз —

Абхазию с Южной Осетией отрезали, два — Крым, три — Донецк и Луганск? Только вместо лезвий — мины и снаряды.

— Интересная мысль. Я об этом не подумал.

— А ты подумай...

Мы сделали несколько снимков дома на смартфоны, дядя Генрих запечатлел меня на фоне строения, я — его; получилось и сэлфи, только очертания дома размылись на фоне наших физиономий.

Мы двинулись в направлении станции, а оттуда — на кладбище. Я покидал дом с неизбывной грустью навсегда прощающегося с прежде незнакомым и вдруг ставшим дорогим. На повороте оглянулся, увидел за деревьями и постройками часть окон второго этажа, померещилось — дом машет мне рукой и что-то произносит, но что, я не различил.

Мой спутник приблизительно знал дорогу — некогда с Даней совершил такую поездку и на всякий случай записал маршрут. Бумажка уцелела, чёткий, скрупулёзный, он ничего просто так не выбрасывал. Сейчас та бумажка была перед глазами.

Мы поднялись на мост и перешли в другую часть города. Идти следовало вдоль высыхающего озера с примыкающими корпусами ткацкой фабрики. По правую руку выстроились жилые кирпичные многоэтажки. Через минут сорок перед нами появились ворота кладбища. Далее ждало самое трудное — найти могилы моих прадеда и прабабушки. В бумажке-путеводителе говорилось об ориентире — памятнике директору завода Михалевичу. Завод был секретный, собирал гироскопы, в просторечии звался «Панель». Звучало пикантно в устах женщин, отвечавших на вопрос, где работают: «На Панели». Дед оттрубил на заводе три года до поступления в университет. Рассказывал: учил его гений слесарного дела Фрайонов — один из первых рабочих, Героев Соцтруда за освоение космоса. Ничему толковому он деда не научил: тот как был безрукий, так и остался.

Гранитный памятник директору «Панели» возвышался над остальными могильными плитами и как бы демонстрировал былую власть и славу хозяина самого престижного предприятия города. «От Михалевича» требовалось мысленно провести диагональ, утыкавшуюся в то, что искали. Так и поступили, однако могилы родителей деда словно исчезли. Буйная растительность полубесхозной старой части кладбища затеняла имена и фамилии на памятниках и плитах. Дядя Генрих прочитал в записке: «В ограде в изголовье растёт ясень. Рядом — могила фронтовика Бурова, фото с орденами и медалями вмонтировано в небольшой обелиск в виде сужающегося кверху каменного столпа». Мы бродили возле могил, продирались сквозь свежие заросли и почти нигде не видели цветов, свежих и увянувших — сдаётся, усопших родственников потомки навещали не часто.

На кладбище я попал второй раз за свои двадцать с небольшим лет. Первый раз в Сан-Диего, когда хоронили бабушку Веру, но тогда я был совсем юным и ничего особенного не запомнил, за исключением рыданий мамы Нади. Я по-своему переживал утрату бабушки, я любил её, однако горестные эмоции не входили в меня, будто натыкались на невидимую преграду, шли, как бы сказать, по касательной. А может, по юности лет я не умел горевать и скорбеть...

То кладбище было по-американски вылизано и прибрано, кругом стояли впечатляющие памятники и склепы из гранита и мрамора. Здешнее же кладбище поражало унынием. Необихоженные могилы с проржавевшими оградами, кой-где останками гниющих искусственных цветов и похилившимися крестами навевали тоску.

Наконец, усталые и недовольные собой, мы обнаружили искомое. При виде могилы я расстроился, дядя Генрих, судя по насупленным бровям, — тоже. На земляном холмике валялись попадавшие от ветра листья, сухие ветки, клочки обёрточной бумаги, дырявый пластиковый пакет. Ограда порыжела, могильная плита из серой мраморной крошки покосилась.

Дядя Генрих достал из сумки тряпки, смочил водой из литровой, предусмотрительно захваченной бутылки и стал протирать плиту с именами моих родственников Иосифа Давидовича и Доры Вольфовны. Я занялся холмиком — сгребал на газету листья, ветки, мусор. Уборка заняла с полчаса.

Дядя Генрих, как мог, укрепил плиту, покачал головой — это ненадолго.

— Выберу день и приеду с краской приводить ограду в порядок, — пообещал он. Придирчиво потрогал ржавые металлические прутья: — Крепко стоят, что удивительно. Ржавчину можно наждачной шкуркой снять...

Хозяйственный мужик, он знал в этом толк.

Я глядел на плиту с именами, фамилиями и датами жизни моих близких родственников и стремился вызвать в себе определённые чувства. Горевать по поводу людей, которых никогда не видел, пусть и близких родственников — трудно, невозможно, мне кажется. Как я ни старался, ничего не выходило — я не знал их при жизни, довольствовался дедовыми рассказами и описаниями, этого сейчас было мало. Но одна история выплыла-таки сама собой, как внезапно возникают скрытые туманом очертания, когда не видать ни зги. Совершенно особая история, выскочившая, словно из засады, была связана с моим прадедом и относилась к конкретному числу 6 марта 1953-го. Дед описал её следующим образом:

«Отец заявился в начале одиннадцатого, весёлый и пьяный. Таким я его прежде никогда не видел. Мать обомлела, прижав ладонь ко рту. Тётя Маня зарыдала. Отец цыкнул и заговорил с патетическим надрывом, как на трибуне, чего раньше за ним не замечалось:

— Не смей плакать, Маняша! Сегодня самый счастливый день! Тиран сгинул! Вспомни о своём муже, о нашем дорогом, несравненном Саше Виташкине — кто погубил его? Вспомни, кто погубил миллионы таких, как он, кто посадил меня в тюрьму... Он что, не знал, не ведал, что творится в стране?! Им же самим всё и направлялось. А вы слёзы льёте... Дуры вы все, безмозглые курицы...

— Юзя, опомнись, тебя могут услышать, — заквохтала мать. — Здесь же ребёнок, — решила прибегнуть к главному, по её мнению, аргументу.

Меня словно ударили обухом по голове. Слова, произносимые отцом, были вовсе непонятными, будто звучали не на русском, и оттого не воспринимались. Дело было не в словах. Непостижимым было другое: горе, даже такое, как сегодня — оказывается, не всеобщее и не всеохватное, раз один из двух самых дорогих мне людей весел и даже выпил на радостях.

Отец возбуждённо сновал по комнате, насвистывал, выкрикивал речитатив: „Режьте моё тело, пейте мою кровь!“, завёл патефон, поставил пластинку — и поплыло ало-праздничное: „Утро красит нежным светом стены древнего Кремля...“

Дядя Моисей вжал голову в плечи, прогнул спину, будто ожидал удара, и засеменил на свою половину. Замерев, как истуканы, с немым ужасом тётки следили за прыжками отца, схватившего меня на руки:

— Не смейте плакать! Сегодня праздник, и мы... мы будем веселиться! — кружился он со мной, не попадая в ритм музыки.

Длилось это минуты три. Мать в гневе рванула патефонную мембрану с иголкой, пластинка издала противный треск.

— Довольно! Генук! Подумай о нас, коль себя не жалеешь.

Отец пьяно растёкся в нежностях, адресованных всем присутствующим, которых он очень любит, и уже почти своим, прежним голосом, чуть запинаясь, поведал, как на Казанском вокзале узнал о смерти Сталина, как приехал на работу, заперся с Володей Аристом, они пили спирт, обнимались, целовались и благодарили судьбу за то, что дожили до этого исторического момента.

Угомонился он к полуночи и лёг спать.

Ночью чьи-то руки осторожно извлекли меня из кровати. Я оказался в отцовской постели у окна и проснулся. Обычно отец брал меня к себе, когда я заболевал. Сейчас он, опершись спиной о большую подушку, полусидя-полулёжа, в темноте, повёл быстролетно-нервным шёпотом, перескакивая с одного на другое, трезвея и с каждой минутой становясь серьёзнее и злее в словах, рассказ о том, что происходило в стране, в которой я родился, которую любил и о которой пел тоненьким голоском на школьных утренниках: „Широка страна моя родная, много в ней лесов, полей и рек...“ Я мало что понимал в его рассказе, мелькали имена Кирова и его убийцы Николаева, Якира, Тухачевского, Орджоникидзе, Ежова, ещё какие-то имена, незнакомые мне, он рассказал о муже тёти Мани, отце Софочки, который, оказывается, не погиб на фронте, как мне говорили, а был расстрелян, о мамином брате, тоже арестованном, попавшем в лагерь на Колыме и по сей день живущем в том краю на поселении, потом начал вспоминать свой арест и пребывание в тюрьмах.

Я немногое запомнил в те сумасшедшие часы, в моей голове образовалась форменная каша, я уловил лишь самое важное, то, что полностью ломало мои детские представления: выходит, есть два мира — один, открытый передо мной, в котором совершаются разные действия и поступки, и другой, потаённый — о нём не говорят и не пишут, его скрывают, но без него нельзя представить жизнь во всей её полноте; люди, скрытые в этом потаённом мире, ни в чём ни перед кем не виноваты, однако их называют врагами народа, контрреволюционерами, шпионами, диверсантами, на самом же деле всё это брехня, они такие же, как мы все. И то, что некоторые мои близкие принадлежат именно к этому потаённому миру, не отторгло их от меня, а напротив, сблизило меня с ними после услышанного этой ночью.

Отец закончил рассказывать и заснул. Он сильно храпел, изредка стонал и всхлипывал. С острой, сверлящей болью в голове, пытаясь вместить расхристанные мысли, подавленный ворохом невероятных, немыслимых открытий, свалившихся на меня, я побрёл в школу. Я не знал тогда солженицынских слов, поскольку „В круге первом“ ещё не был написан, но, прочитанные позже, слова эти как нельзя лучше подходили к моему тогдашнему состоянию: „Я — стебелёк, растущий в воронке, где бомбой вырвало дерево веры“.

Прав ли тогда был мой отец в проделанном без всякого умысла, а просто по причине выпитого, эксперименте, прав ли был с точки зрения педагогики: имел он на это право или нет? Стоило ли кидать меня вот так сразу, без подготовки, в бурную, порожистую реку, где и опытные пловцы захлёбывались и тонули, не в силах справиться с течением? В конце концов, не опасно ли было — для него и для меня? Размышляя над этим, всякий раз прихожу к убеждению: наверное, стоило. Хотя я сам, будь на месте отца, вряд ли осмелился рассказать двенадцатилетнему сыну такое. Просто побоялся бы — вдруг начнёт болтать и нас всех загребут? Отец почему-то не боялся. В нём всегда присутствовало нечто такое, что отличало от большинства известных мне тогда и после людей и чему я не могу найти строгого определения. Он был доверчив, непозволительно открыт душой, иногда поступал легкомысленно, совсем даже не по-взрослому, однако видел и чувствовал гораздо глубже других; эта самая доверчивость и непозволительная открытость, казалось, вовсе не вписывались в нормы неправедного, жестокого времени, в котором он существовал; отец должен был не раз погибнуть и наперекор всему выжил. Божья воля, или, как говорил отец, высшая сила, повелевающая судьбами?

Я видел эту картину так отчётливо, будто прадед держит на руках меня, совершает нелепые прыжки, мы крутимся, вертимся в дикой пляске под праздничную мелодию, совсем не соответствующую переживаемому страной скорбному моменту. И что-то внутри вдруг наехало, поломалось, обрушилось, словно пали заслоны под неистовым напором наводнения, меня пробила дрожь — такое, пожалуй, я раньше не испытывал».

Мы положили на могилу букет полевых цветов, купленных у кладбища. Тряпки и газету выбросили на свалку неподалёку. Помыли руки из бутылки и присели отдохнуть на скамейку у выхода.

— Запомни дорогу, — строго произнёс мой спутник. — Коли со мной что случится, сам будешь за могилой следить. Дани уже нет. Тебе как младшему в семье положено.

Я не мог определить своё состояние: будоражило новое, неосознанное до конца, знобко-тревожное, влекущее, взыскующее чувство; впервые я ощутил незамечаемую прежде связь с теми, кто жил до меня и кого никогда не видел. Судьбы дотоле непонятных мне людей становились как бы моими, вторгались в мою оболочку естественно и властно, влетали, как шар в лузу, говоря: теперь ты нас знаешь не понаслышке, помни и не теряй нас в душе. Ты был бы совсем другим, если бы не было нас...

Часы показывали половину двенадцатого. Начинали донимать жара и безветрие. Дышалось, правда, куда легче, чем в августовскую погоду в Нью-Йорке. Согласно подтверждённой вчерашним телефонным звонком договорённости, нас ждала бывшая соученица деда. Она пояснила: от кладбища до её дома в посёлке Холодово на машине минут двадцать.

Мы вышли за кладбищенские ворота и двинулись в направлении станции. По пути купили с рук роскошный букет гвоздик с крупными алыми бутонами. Расплачиваясь, дядя Генрих с усмешкой произнёс: «Один наш оголтелый нацпатриот утверждал: «Ну что за страна Америка — дети не плачут, собаки не лают, цветы не пахнут, женщины не любят...» А ну, Кирюша, проверь, пахнут ли эти цветы?» Я понюхал — гвоздики источали приятный запах корицы.

К букету мы присовокупили купленную мной в Нью-Йорке коробку бельгийских шоколадных конфет.

Дядя Генрих нажал кнопку смартфона и вызвал такси. Сервис предоставлял Яндекс. Можно было заказать и Uber — города Подмосковья, как я уже знал, не отличаются в этом отношении от американских. Набрал адрес, куда ехать, наши координаты уже были обозначены, в том числе на карте, и через минут семь-восемь подлетела «Шкода». За рулём сидел черноволосый парень, смахивающий на кавказца.

Тянувшаяся вдоль железнодорожного полотна трасса оказалась незагруженной, мы быстро домчались до дома Башмаковой. Подъезд бетонной 9-этажки был открыт, код или домофон использовать не требовалось. Лифт довёз до шестого этажа, на стенке чёрным фломастером было выведено: Fuck Tanya. Я улыбнулся — почти Бронкс.

Нас встретила невысокая крупная женщина с брылястыми щеками (ещё одно обожаемое пополнение моего русского словаря — обычно добавляют: «как у бульдога» — применительно к даме звучало бы крайне невежливо, грубо). Крашеная блондинка молодилась, скрывала возраст, но зубы... зубы выдавали, впрочем, если бы сверкнула голливудской улыбкой коронок с прозрачной эмалью, эффект получился бы неважный ввиду несоответствия остального стандартам ухоженности.

Мы познакомились. «Светлана Васильевна», — представилась хозяйка. — Можно Светлана или просто Света, —

сняла естественно возникший барьер, когда люди видятся впервые.

Я вручил гвоздики и цветы, хозяйка расцвела: «Господи, мне цветы сто лет не дарили! И за конфеты спасибо...»

К приёму гостей она подготовилась основательно, стол под бежевой скатертью в гостиной был уставлен тарелками с русской едой: тонко нарезанная колбаса с вкраплениями жира, студень, солёная капуста, маринованые грибы, миска свежего салата — помидоры, огурцы, редис, зелёный лук... Мы ещё раз помыли руки, уселись, Светлана Васильевна принесла дымящуюся картошку и запотелую бутылку «Русского стандарта». Я почувствовал, что проголодался.

— Давайте, господа, помянем раба божьего Даниила, усопшего не на родине, а в чужом краю, — начала она многозначительно-протяжно, как поминальную молитву. Меня покоробило, дядя Генрих насупился. — Я с твоим дедушкой, Кирилл, дружила в школьные годы. Переехал он в Москву и пропал с горизонта. Об отъезде в Америку уж и не говорю. Вечная ему память. Не чокаемся...

...Я нашёл Светлану Васильевну случайно. Разбирая архив деда, наткнулся на конверт с несколькими фотографиями группы пожилых людей и письмом на русском. Некая Башмакова сообщала, что нашла адрес деда в интернете через литературный журнал, который он редактировал. «Я та самая Света, с которой ты целовался на школьном дворе. Мы, твои бывшие соученики, пару лет назад объединились в социальной сети «Одноклассники» и приглашаем тебя войти в нашу группу. Там Таня Шепель, Элла Козлова, Витя Андрианов, Коля Сковпень и др. Надеюсь, ты помнишь наших девчат и ребят... Многих, к сожалению, уже нет в живых, но остальные с удовольствием дружат и общаются. Присоединяйся, нам есть что вспомнить...»

Я начал поиск. Отыскать Светлану Башмакову оказалось несложно через «Одноклассники». Написал ей, сообщил свои координаты, в течение месяца она откликнулась; узнав, что дед умер, прислала по имэйлу сочувственные слова, вроде бы вполне искренние. Я позвонил ей в Раменское, поблагодарил за память и намекнул, что собираюсь в Россию встретиться с теми, кто знал деда. Светлана: «Буду рада повидаться».

Сейчас мы пьём водку, закусываем крепко начесноченным студнем (в моей калифорнийской доуниверситетской жизни это русское блюдо неизменно присутствовало во взрослых застольях, его замечательно готовила бабушка Вера) и слушаем рассказы раскрасневшейся от выпитого хозяйки.

— Так вот, Даня, позволь по-свойски так его называть, — обращаясь ко мне, — не ответил на моё письмо, не прислал фотку, как я просила. Загордился: как же, большой писатель, или уже болел в ту пору, я не знаю, но ответа не дождалась. Между прочим, Кирилл, мы с твоим дедушкой симпатизировали друг дружке, может, и любили; помню, несколько раз вечерами, когда в школе никого не было, во дворе на лавочке целовались взасос, он расстёгивал на мне маркизетовую блузку, но дальше дело не шло. Извини, что такие подробности выкладываю, ты взрослый, тебе, как понимаю, важно всё знать. Так вот, он мог стать у меня первым. Мы однажды вчетвером в Тарусу ездили, это такое замечательное место на реке Оке: Даня, я, Надька Синицына и Игорь, дружок Данин, фамилию не помню. Заночевали в стогу, Надька после аборта, Игорю не дала, я готова была — романтика, умопомрачительные щекочущие запахи … Ты знаешь, что такое стог сена? Как по-английски будет?

— Я знаю. Haystack.

— Ишь ты… Где ты так по-русски наловчился? Наверное, Данино влияние. Ну, короче, готова расстаться с девственностью, а дедушка твой не проявил настойчивости. Он вообще нерешительный. Выскажу предположение, что и в дальнейшей жизни не ведущим в отношениях с бабами был, а ведомым. А как ты, Кирилл, по этой части? Подружку имеешь?

Я уклонился от ответа.

— Позвольте, уважаемая Светлана Васильевна, не согласиться, — выступил дядя Генрих. — Очень даже решительным был Даниил. Сужу по личным наблюдениям. Женщинам он нравился, недостатка в них не ощущал. Увлечения его громкими были, не таился, не скрывал. Конечно, нехорошо, некрасиво перед женой, немало седых волос у Тани появилось, она любила его без памяти и прощала. Кто из нас без греха…

— Ну, не знаю… Думаю, ещё отражалось в поведении, поступках: Даня стеснялся еврейства своего, переживал, отсюда робость. В классе всего два еврея было — он и Аксельрод. Мы на эту тему не говорили, но я чувствовала…

Возникла пауза. Касаться еврейской темы мне не хотелось. Отчасти скрытая сторона жизни деда не была ясна мне самому, и не с Башлыковой же обсуждать. Дядя Генрих понял моё состояние и увёл разговор в сторону, начал выспрашивать хозяйку о семье, детях.

— Муж помер три года назад. Онкология, — Светлана Васильевна глубоко вздохнула и допила остававшееся в рюмке. — Двое детей: сын и дочка, трое внуков. Серёжа в Москве обитает, строитель, Маша — чиновница, в нашей мэрии пост занимает. У обоих вторые браки. Помогают мне — на пенсию не больно-то проживёшь. А вы, Генрих, женаты? — и вкрадчиво скосила глаз.

Разговор под водку двигался ни шатко ни валко, зайчиком перепрыгивал с одного на другое, я понял, что больше ничего нового о деде не узнаю. Девочки появились в 7-м классе, до этого — раздельное обучение, одни мальчишки, про забубённых великовозрастных дружбанов деда, красочно описанных им, Светлана ничего не знала — их к приходу девочек успели исключить из школы.

А между прочим, жаль, что нельзя найти и расспросить кого-то из этих бандитов — вот кто мог поведать разные чумовые истории… Увы, никого из них давно нет в живых: по словам деда, Тит погиб в тюрьме при невыясненных обстоятельствах, Цымбу нашли на путях перерезанным электричкой, следы Боцмана затерялись. Дед поделился с читателями, что вытворяла эта троица, и бьюсь об заклад — большинство не поверило автору. В советской школе такие безобразия? Однако всё правда — дед в разговоре со мной подтвердил. Взять Тита. Отпетый пятнадцатилетний тип, даже не второгодник, а *третьегодник*, он отмачивал те ещё штуки. Дед писал, что называется, с натуры. По вкусу пришлась Титу новая «англичанка» Софья Петровна, Софочка — милая, невинная выпускница пединститута, красневшая по поводу и без повода. Он пылал от избытка чувств и придумал такое развлечение. Едва Софочка склоняла белокурую кукольную головку над классным журналом, размышляя, кого бы вызвать к доске, Тит вставал за партой и приспускал брюки, демонстрируя прыскающим в кулачок двенадцатилетним оболтусам вполне мужской предмет под волосами. Хитрость заключалась в том, чтобы успеть натянуть брюки до того момента, как Софочка оторвётся от журнала и поднимет голову. Дважды Тит промахивался, и Софочка падала в обморок… А чего стоила скрытая прогулка упомянутой троицы во главе с Титом под станционную платформу… Однажды они соблазнили наивного Даню пойти смотреть «телевизор». Ничего не подозревавший, он поплёлся с троицей и… оказался под платформой, где омерзительно пахло собачьими и человечьими испражнениями. Смекнул, что становится соучастником чего-то плохого, однако удирать было поздно. Он увидел, как троица всматривается в щели между досками платформы, подглядывая под юбки ожидавших электрички женщин, а Цымба просовывает в щель остро отточенную камышину и резко толкает её вверх. В ответ — визг и мужской разъярённый голос: «Ну, гад, я ему сейчас яйца оторву!» Троица мигом смылась, бросив Даню, который улепётывал в сторону рынка, подгоняемый ужасом.

…За несколько секунд я проделал путь деда под платформу и сумасшедший бег в страхе возможной расправы. Куда-то в сторону ушли разогретые выпитым откровения Башмаковой. Вернувшись за стол, я вдруг захотел увидеть её юной, целующейся с дедом на лавочке взасос, и не смог. Нестройная, колеблющаяся, как занавеска под ветром, картина эта перекрывалась куда более зримыми фокусами со спущенными штанами на уроке английского и «телевизором» под платформой.

…Пора было закругляться. И тут хозяйку прорвало.

— Не любил Даня Россию, зло, мстительно о ней писал. Что плохого родина ему сделала? Хоть и еврей был, работал в большой газете, много печатался, за границу ездил, но не любил! Сужу по его книгам, некоторые смогла достать и прочесть. Не любил! — и пристукнула стаканом с водой как бы в подтверждение.

Я не ожидал такого поворота. Резануло: *хоть и еврей был…* Надо что-то ответить.

— Никакой злобы, мстительности я не обнаружил, — опередил дядя Генрих. — Покинул Россию потому, что предчувствовал грядущие скверные перемены и не желал в этом участвовать. Сильно сомневался, что вдруг, как по волшебству, все демократами, либералами заделались. *Выгодно* было таковыми считаться, вот люди и провозгласили себя демократами. «Назад дороги нет!» — как мантру повторяли на митингах на Манежке. А на поверку вышло — сами видите. Он на сей счёт хорошо высказался в романах...

— Но вы же не уехали! — Светлана с напором.

— Я — другое дело, — отрезал.

— Считаете — я несправедлива? Ну, а роман о Путине? 2012 года выхода. Ни Крыма ещё нет, ни Лугандонии. Путин в облике Дракона — помните обложку? Маша достала по своим каналам, дала почитать. Кошмар! Единственный из класса вызвался казнить выращенную ребятами утку. Злодей какой-то из подворотни! А свидетельства долбаной шпионки немецкой Ленхен, в Дрездене в доверие к Людмиле втершейся: и лупил, оказывается, Путин жёнушку, и изменял ей, и вообще, садист. А издевательская история, напрочь выдуманная, про внебрачного сына путинского, зачатого в Гансонии, читай — в Германии, который судит отца... Да там что ни страница, то поклёп: обожает Верховный Властитель змей, держит на даче террариум, а заодно подразделение ПВО на случай атаки с воздуха...

— Светлана Васильевна, это же особый жанр: реалии перекрещиваются с антиутопией, — возразил я.

— Не знаю, какая там утопия, а вышла клевета! — не унималась Башмакова. — И что это за клон, который должен заменить президента? Даня отправил Владимира Владимировича на тот свет в марте 2017-го, угробив в вертолётной катастрофе. Очень, видно, хотелось счёты свести с ненавистным главой великой страны, за которого весь народ наш проголосовал на выборах. Придумал Даня сцену с Апостолом Павлом, вызвавшим душу Путина на Частный суд. Мытарил Апостол, изводил, ядовитые, коварные вопросы задавал — тут и взорванные дома с жильцами, и Беслан, и прочее, сомневался в вере его христианской... А вы говорите: не злобствует автор...

Я молчал. Дядя Генрих криво улыбался. Развивать дискуссию не имело смысла. Башмакова почувствовала и тоже утихла. Мы распрощались.

2

Отношения мои с дедом делились на два периода: до поступления в колледж и после окончания учёбы и переезда из Бостона в Нью-Йорк. Период до (калифорнийский) характеризовался тем, что в воспитании моём дед, в отличие от бабушек, не принимал активного участия. Все-таки жили мы в разных штатах и городах.

Четыре гарвардских года оказались промежуточными — мы медленно сближались, прежде всего, на почве постижения мной русского языка, но по-настоящему близкими ещё не становились.

Дед часто наведывался в колледж, первый приезд ознаменовал моё начальное пребывание в общежитии; по жребию мне досталась отдельная малюсенькая комната. Дед вошёл внутрь и, хорошо помню, остолбенел.

— Кирюша, ну и бардак у тебя — прости за выражение!

Придирчиво осмотрел помещение, покрутил головой, спросил:

— А где куртка-«аляска», купленная для бостонских холодов?

— Я нашёл ей отличное место.

— И где же?

— Под кроватью.

Дед скрючился в три погибели (был высокого роста), заглянул под кровать, вытащил куртку и стал отряхивать от пыли.

— Ну, ты даёшь... — с укором.

Давал не я один. Пятеро студентов-новичков, заселивших трехкомнатную квартиру «общаги», не являли пример чистоплотности. Дед потом делился впечатлениями от первого визита: «Плинтусы в коридоре покрылись мхом, сортир запахами напоминал газовую камеру...» Дотоле не жившие одни, я и мои сокурсники поначалу полностью игнорироли быт. Дед переживал, пробовал меня увещевать, но тщетно. Повзрослев, я стал иным — во всяком случае, мне так кажется, однако до эталона аккуратности далеко — честно признаюсь.

В трёх огромных чемоданах дедовского архива, по воле родителей доставшегося мне для изучения, обнаружилась фотография: дед Даниил держит на руках меня — месячного. У него трогательное и смущённое выражение лица: с моим появлением на свет он, согласно записи в Дневнике, начал новый отсчёт времени.

Дед однажды поделился коротким воспоминанием. В очередной его приезд в Сан-Диего я, трехлетка, надумал поиграть «в путешественников». Деда и бабушку Таню заставлял бегать на второй этаж, разуваться и заваливаться спать, через полминуты вскакивать, надевать обувь, спускаться вниз — и снова мчаться наверх, разуваться, укладываться спать и т.д. «Через несколько минут я и Таня плелись, высунув языки. Ты нас заездил», — смеялся дед.

Домочадцы разговаривали со мной на русском, в телевизоре герои мультяшек и разных детских передач звучали совершенно иначе. Я научился мгновенно переключаться, память держала сотни слов на обоих языках и я манипулировал ими, как жонглёр, не прилагая особых усилий. Пробуя отвечать бабушке Вере по-английски, получал нагоняй: «Дома изволь говорить на русском!...» Книги мне читали тоже на русском, главным образом, сказки. В книжках, привезённых из России, где раньше жили окружавшие меня взрослые, были картинки, они позволяли лучше понять то, что мне читали. Однако понимал я не всё.

Дед в свои не столь частые приезды читал мне сказки запоём. Я уставал слушать, но не говорил об этом, так как чувствовал: он может обидеться. «Что такое корыто?» — спрашивал у деда, читавшего «Сказку о рыбаке и рыбке». — «Корыто, Кирилл, это...», — и пробовал объяснить. — «А разве у старика и старухи не было стиральной машины?» «Колобок» вызывал свои вопросы. «Дедушка, что такое „поскрести по сусекам“?» Получив разъяснение, морщил лоб: «А почему не пошли в супермаркет?» Слушая про Лукоморье и дуб зелёный, опять недоумевал: «Почему кота учёного на цепь посадили?»

Дед откладывал чтение и начинал рассказывать всякие занимательные истории из своей жизни, я слушал и изредка задавал вопросы. «Когда ты был маленький, у тебя была своя спальня, как у меня?» — «Нет, Кирилл, у меня не было своей спальни. Мы в такой спальне жили втроём». Я морщил лоб: дед говорит нечто недоступное моему разумению. «А компьютер у тебя был?» — «Нет, милый, не было. У нас дома телевизор-то появился, когда мне лет тринадцать исполнилось. Экран такой маленький, раз в пять меньше, чем в *твоём* телевизоре. Мы ставили линзы, ну, вроде больших стёкол, полых изнутри, заливали туда особую воду, чтобы увеличить изображение...» — «Пойдём гулять», — завершал я расспросы, будучи ввергнут в большие сомнения относительно прошлой жизни деда.

Все отпуска я проводил с родителями. Помнил в мельчайших подробностях заграничные города и с упоением рассказывал об увиденном. Дед посвятил мне стихи, отметив, кроме прочего, страсть к путешествиям: «Жизнь у ребёнка словно сказка, он вертит глобус, как факир, легко найдёт он без подсказки Брюссель, Пекин или Каир...»

Мне было десять лет, когда всей семьёй, за исключением бабушек Веры и Тани, выбрались в Нью-Йорк. Дед заказал билеты в Метрополитэн-опера на «Риголетто», спектакль был в день нашего прилёта ночным рейсом, днём отдохнуть не удалось, и в таком сумеречном состоянии мы отправились в театр. Я благополучно проспал первое отделение, разбудили меня крики «браво!» в самом конце. Едва очухавшись, я поддержал зал писклявым возгласом одобрения и далее уже не спал. Опера как жанр не относится к разряду моих музыкальных пристрастий, хотя к музыке отношусь весьма положительно и даже немного играю на рояле.

В один из вечеров дед пригласил в итальянский ресторан. Я по обыкновению заказал пасту. Тогда-то и был сделан снимок, сыгравший позднее определённую роль в моём интересе к русскому языку. Дед Даниил, довольный и расслабленный, в чёрном кожаном пиджаке, сидит на фоне бокала с недопитым вином, обнимает меня за плечо, я слегка улыбаюсь, тараща тёмные глаза в объектив.

Мы снимали номер в гостинице, а последние два дня провели у деда в Бруклине. Проводив родителей на пятничное бродвейское шоу, я получил возможность на несколько вечерних часов остаться наедине с дедом. Отдав дань залу игральных автоматов, мы стремительно неслись в людской массе, заполонившей Таймс-сквер. Конец декабря выдался тёплый, снега не было и в помине.

— Тебе нравится Нью-Йорк? — спросил дед

— Да, дедушка. Мы с папой Семёном и мамой Надей запланировали: я буду поступать учиться в Гарвард. Он же недалеко от Нью-Йорка, правда? Ты будешь приезжать ко мне в кампус, а я к тебе на каникулы. Но для этого я должен не только отлично учиться, но и отлично фехтовать.

— Что ж, план замечательный. Только не знаю, доживу ли до твоего поступления.

— Ты же мне обещал! Ты говорил: «Я, Кирилл, обязательно хочу проводить тебя в первый класс и в университет». Забыл?

— Нет, не забыл. В школу я тебя отвёл, специально прилетел. А вот в университет... Ждать ещё восемь лет. Мне тогда будет семьдесят пять.

— Ну и что?

— Ничего... Постараюсь выполнить обещание. Хочешь прокатиться на велорикше?

— Хочу.

Мы выбрались из толпы и двинулись по 41-й улице в сторону Пятой авеню. Велорикшу не пришлось долго ждать, он ехал нам навстречу. Дед договорился, что он покатает нас минут пятнадцать за двадцать долларов. Маршрут может выбрать по своему усмотрению. Мы устроились на заднем сиденье, дед обнял меня и рикша повёз нас.

Худенький молодой китаец бешено крутил педали, выбирая самые оживлённые участки центра Манхэттена, отчаянно-смело внедрялся в поток спешащих машин, лавировал между такими же лихими, как он, жёлтыми кэбами-такси, не обращал внимания на предостерегающие гудки, вот-вот мы должны были с кем-то столкнуться, но почему-то не сталкивались. Дед прижимал меня всё сильнее, закрывал своим телом, мне казалось, ему страшно и он клянёт себя последними словами, что ввязался в авантюру, подвергая ребёнка опасности.

— Давай остановимся, — робко предложил он.

— Что ты, дедушка! Так здорово!

Вязаная шапочка сползала мне на глаза, я сдёрнул её и сунул деду.

Китаец высадил нас на Пятой авеню и 45-й улице. Мы возвращались на Таймс сквер пешком.

— Кирилл, давай договоримся: папе и маме мы не расскажем о прогулке на велорикше. Зачем их волновать?

— Хорошо. Знаешь что, дедушка, давай поедим. Я проголодался.

— В ресторане мы не успеем поесть — до окончания спектакля остался час, родители скоро появятся. Видишь «Старбакс»? Можно выпить чай и съесть пирожное.

— Ты, дед, с ума сошёл, — мигом отреагировал я. — Мы в Сан-Диего в «Старбакс» не ходим.

— Хм... — слегка растерялся дед.

На счастье, мы проходили мимо пиццерии, и я благосклонно разрешил угостить себя куском «Наполетаны» с помидорами, анчоусами, маслинами и моцареллой.

На следующий день он повёз меня на представление с кошками Куклачёва. Билетов у нас не было, деда в русском Нью-Йорке хорошо знали, в итоге мы сидели в зале на Бродвее чуть ли не в первом ряду, правда, сбоку.

Отчаянные кошки стояли на передних и задних лапах, танцевали, раскачивались под куполом, возили тележку, забирались по ступенькам лестницы-стремянки, легко преодолевали барьеры, балансировали на шестах, прыгали через обручи, крутили сальто... Куклачёв разговаривал с залом, отпускал шутки, дети и взрослые веселились...

Я аплодировал, смеялся, но как-то инертно, вяло, непохоже на себя. Дед спросил, нравится ли мне представление. Я подумал и почему-то потупился:

— Кошек жалко...

Домой мы ехали на метро. Это была идея деда — показать внуку способ передвижения, напрочь отсутствующий в Калифорнии. Идея оказалась порочной — в выходные дни сабвэй превращается в чудовищное испытание, не сказать, пытку. Поезд в Бруклин тащился еле-еле, подолгу застревал в тоннелях, по радиосвязи пассажиров предупреждали о последующих задержках, неизменно принося извинения, от которых не становилось легче. Я устал, закрывал глаза и снова открывал, едва вагон оглашался очередным обращением машиниста, произносившего слова так, словно у него во рту была каша.

— От этого метро можно получить инфаркт, — изрёк я и зевнул.

На остановке «Атлантик авеню» поезд встал окончательно. Пассажиры высыпали на платформу в ожидании следующего поезда. Его можно было ждать вечность. Мы решили подняться на поверхность и поймать такси. Часы показывали без пятнадцати десять. Темень и безлюдье днём оживлённого района окружали нас наверху. Едва мы видели жёлтый кэб, как стремглав бросались на проезжую часть останавливать его, но такси равнодушно проносились мимо — в них уже сидели люди. Безнадёжные попытки следовали одна за одной, принося разочарование.

Я не ныл, не канючил, успокаивал:

— Дедушка, не волнуйся, рано или поздно поймаем такси.

Безошибочная детская интуиция подсказывала: взрослый нуждается в моральной поддержке больше, чем ребёнок.

Удача в конце концов улыбнулась, и через сорок минут я уже лежал в постели.

Позже я глубокомысленно подытожил свои впечатления от пребывания в гостях:

— Манхеттен интересный, а Бруклин весёлый...

«Манхеттен» я произнёс не через э оборотное, как ньюйоркцы.

Да, чего-чего, а веселья в столице мира хватает.

...Вернусь к фотографии, сделанной в итальянском ресторане Нью-Йорка. Дед поместил её на задней обложке многостраничной саги, вобравшей в себя историю нашей семьи за целый век. Некоторые критики считают эту вещь лучшей в творчестве деда — рецензии хранились в одном из трёх архивных чемоданов. Прилетев в Сан-Диего, дед торжественно вручил экземпляр книги. Мне шёл тогда тринадцатый год. С трудом удерживая пухлый том, я неожиданно обнаружил свою физиономию.

— Это я, — возвестил буднично, как о само собой разумеющемся, и больше по этому поводу ничего не сказал.

Дед описал эту сцену в Дневнике: «*Внук повертел книгу, увидел своё фото и бесстрастно, безучастно объявил об этом. Создалось впечатление, что он часто получает в подарок издания со своим изображением. Почему-то его ничего не удивило, не поразило, не обрадовало. Уловив неловкость момента, я объявил: «Радуясь твоим успехам в учёбе, дарю тебе в качестве поощрения бонус триста долларов». «Ура! Дедушка подарил мне триста баксов!» — радость Кирилла была неподдельной.*

Если бы мне в 12 лет подарили такую книгу с моим изображением, где рассказывалось обо мне, я бы спал с ней в обнимку, она стала бы бесценной, а он... Полное равнодушие. Обидно...»

В чем-то дед оказался прав. Скидка на возраст не оправдывала. Я не проникся сутью произошедшего, ибо не читал по-русски. Пухлый том оставался для меня чужим, инородным, как лишняя, ненужная вещь в интерьере — и толку от неё нет, и выбросить жалко. А дед, видать, расстроился...

Я оценил и полюбил книгу, лишь когда прочёл её.

Дед однако не вытерпел и обратился ко мне:

— Дорогой внук, я буду счастлив, если когда-нибудь ты сможешь одолеть эту книгу. В ней много такого, что происходило на самом деле, но немало и придуманного. Я не сдерживал фантазию, тем не менее, опирался на реальные, известные мне факты. Дело за малым — овладеть русским, — и грустно улыбнулся.

То обращение, похоже, стало неким толчком к изучению языка. А может, получилось под влиянием бродивших во мне покуда неосознанных порывов и устремлений, усилившихся со смертью деда. Кто знает...

Поначалу меня постигло разочарование. Я едва не бросил занятия. Виной тому — преподаватель со странной, кое о чём говорящей фамилией Скукота. Ударение можно ставить на предпоследней или последней гласной, как кому нравится — суть не меняется. Она требовала, чтобы группа обращалась к ней по имени-отчеству, как принято в России: Маргарита Мефодиевна. Группа состояла из новичков и sophomore — второкурсников: две китаянки из Сан-Франциско, трое ребят со Среднего Запада, одна девушка из Вашингтона и я. Кроме меня, сносно говорившего на русском, остальные не понимали ни бельмеса, изучение языка начинали с нуля. Выговорить «Маргарита Мефодиевна» составляло для них муку, им проще было звать её промеж себя «Марго» или «профессор». В моём представлении никаким профессором она не являлась.

Лет пятидесяти, дебелая, с утиной, враскачку, походкой, заколотыми сзади шпилькой жёсткими, тронутыми ранней сединой волосами, напоминающими паклю, она на первом занятии с гордостью сообщила, что закончила филологический факультет московского университета — одного из лучших в мире и защитила диссертацию. Её тяжёлый, со славянским акцентом английский коробил, китаянки втихаря посмеивались.

Преподавателем Марго оказалась неплохим — мы пытались читать по-русски Пушкина, вслушивались в мелодику стиха, параллельно заучивали правила грамматики, путаясь в глаголах, склонениях, спряжениях. Язык оказался чертовски трудным.

Дед прислал книгу Джулиана Лоуэнфельда, адвоката, прославившегося переводами Пушкина на английский. Книга содержала стихи на русском и параллельно на английском. Я показал Марго, та оценила по достоинству. Хорошее от плохого отличать она умела.

Всё бы ничего, если бы не её особенность: обучая языку Пушкина, Толстого, Достоевского, считала обязательным долгом и святой обязанностью безудержно хвалить Россию, власть, народ, без конца повторять

> Пока свободою горим,
> Пока сердца для чести живы,
> Мой друг, Отчизне посвятим
> Души прекрасные порывы.

И добавлять: «Дым Отечества ярче огня чужбины...»

Я попробовал пошутить анекдотом, услышанным от отца: «В кабинете шефа КГБ висит портрет Пушкина. Почему?» — спрашивают его. — Он первый сказал: «Души прекрасные порывы».

Игру слов не поняли. Даже сметливые китаянки не уразумели: слово звучит одинаково, а смысл разный и части речи разные. Зато Марго разобиделась. Будто я её лично задел. До той поры выделяла меня из группы, со мной легко могла говорить по-русски, мои практические знания на несколько порядков были выше, нежели у остальных. Но тут надулась и стала игнорировать.

Тема патриотизма снова всплыла опять же по инициативе профессорши. На очередном занятии она попросила подготовиться к обсуждению. Марго процитировала в оригинале великого, по её мнению, философа Ивана Ильина, не преминув подчеркнуть, что он — любимый философ российского президента. Затем для вящей убедительности и облегчения нами восприятия прочитала на английском свой перевод. Фраза звучала так: «Россия не человеческая пыль и не хаос. Она есть прежде всего великий народ, не промотавший своих сил и не отчаявшийся в своём призвании. Этот народ изголодался по свободному порядку, по мирному труду, по собственности и по национальной культуре. Не хороните его преждевременно!»

Дискуссии не получилось — тема патриотизма мало волновала группу. У нас, рождённых в Америке, патриотизм был в крови. Что тут обсуждать... Тем более чужую страну... Сформулировал вихрастый чикагский паренёк с накачанными мускулами Чак — в школе играл в американский футбол: «У нас на каждом доме флаги, День Независимости — самый большой праздник, гимн страны поём, начиная с детства. Поём искренне, кладём руку на сердце. Мы любим свою страну, свою родину, а не государство, не президента, не Конгресс».

Дело происходило в самом конце апреля 2014-го, Марго прожужжала все уши: «Олимпиада в Сочи прошла великолепно; Крым снова стал российским; русский Донбасс успешно борется с украинскими националистами, бандеровцами...» Моим сокурсникам все это было до фени (люблю русское выражение), я же слышал от деда и отца совсем иное. Не жалея эпитетов, в том числе матерных, они награждали ими кремлёвскую власть, внаглую захватившую Крым, призвавшую бандитов и уголовников руководить шахтёрским краем. Я был готов к дискуссии о патриотизме, и хотя осознавал — даром мне может не пройти — вывел Марго из равновесия несколькими, заранее подготовленными фразами: «Горе народу, если рабство не смогло его унизить, — такой народ создан, чтобы быть рабом» и далее: «Иногда кажется, что Россия предназначена только к тому, чтобы показать всему миру, как не надо жить и что не надо делать...»

Профессорша пошла красными пятнами. Глотала воздух жабрами, словно выброшенная на берег рыба.

— Ты... Кирилл... студент Диков произносишь мерзость в адрес страны, где родились твои предки, где твои корни...

— Это не мои слова, это слова выдающегося русского мыслителя, — возразил я.

— Всё равно, ты не должен повторять эту... эту... — она задыхалась в гневе, — гадость!

Группа с интересом вслушивалась в нашу перебранку, мало что понимая, хотя мы, в нарушение установленных Марго правил, вели спор на русском и английском.

И тут я добил Марго.

— Помните знаменитый афоризм англичанина Самюэля Джонсона? «Патриотизм — последнее прибежище негодяя». Он имел в виду тот патриотизм, который многие во все времена делали прикрытием личных интересов.

Профессорша смертельно обиделась и на занятиях ко мне почти не обращалась. Из добровольного помощника я превратился в изгоя.

...Эта история произошла за пару месяц до нашей стычки. Вспоминаю и непроизвольно хохочу. 23 февраля Марго пришла в аудиторию в нарядном голубом платье и на высоких каблуках. Перемена выглядела разительной — даже утиная походка вроде стала менее заметна.

— Друзья, — обратилась она к нам, — сегодня в России национальный праздник — День защитника Отечества, — в голосе звучали медь и литавры. — Мы изучаем с вами русский язык, неотъемлемую часть русской культуры, значит, и праздники должны знать. Сегодня один из главных, посвящён воинам-освободителям, победителям фашизма. Российская армия стоит на страже завоеваний народа...

Далее мы прослушали несколько лозунгов, после чего Марго достала из портфеля два цветных снимка и пустила по рядам. На них был изображён человек с обнажённым торсом верхом на коне и скачущим на медведе.

— Кто знает изображённого на фото?

— По-моему, это Путин, — отреагировал я.

— Правильно. Президент России, Верховный Главнокомандующий вооружёнными силами.

— А почему он полуголый? — спросила любознательная китаянка.

— Владимир Владимирович сфотографирован на отдыхе в сибирской тайге.

— Странная фигура у этого президента. Похож на мачо, только...

— Что «только»?

— Неудобно произносить — грудь напоминает женскую.

— Это уже сексизм, — кто-то из парней фыркнул.

— И почему он скачет на медведе? — не унималась китаянка.

— Это дрессированный медведь, — нашлась с ответом Марго.

— Дрессированным зверям место в цирке. Перед нами типичный фейк, фотожаба.

— Согласен, — поддержал я китаянку. — Вообще, Маргарита Мефодиевна, зачем вы нам это показываете? Какое отношение фотки имеют к празднику военных?

Раздались смешки, потом захохотала вся группа. Профессорша разозлилась и побросала снимки в портфель. Стало окончательно понятно, что мы имеем дело с законченной идиоткой.

Некоторое время я колебался: не бросить ли ходить на занятия? Но другого «препода» по русскому не было, и я смирился с присутствием Скукоты. Кажется, она сделала выводы и больше не демонстрировала особую приязнь к путинской стране. Кроме прочего, выглядело рискованно — могли настучать. С этим в Гарварде проблем не было. Как выяснилось, в Штаты она попала по линии дочери, удачно выскочившей замуж за американца.

3

Истекал трёхдневный срок моего пребывания в Москве. Я не пытался вжиться в окружавшую среду, чувствуя невозможность — город выталкивал, упорно не впускал в свою ауру, безобманчиво воспринимал чужаком. Вспоминал написанное по этому поводу дедом, попавшим на родину спустя немало лет эмиграции. Как всё похоже! Меня, как и его, в метро вычисляли моментально, хотя я ничем не выделялся из толпы: поношенные джинсы, тёмная рубашка, матерчатая куртка на молнии, кроссовки. В Нью-Йорке я отвык от прямых взглядов «в лоб» — не принято, выглядит неестественно, вызовом, а здесь на меня бесстыдно глазели. Прав был дед: *«угрюмая любознательность и пристальная недоверчивость присутствовали во взглядах и оборачивались стойкой подозрительностью, выдающей себя окаменелостью зрачков, скул, губ».*

Разница лишь в том, что на меня «в лоб» смотрели из-под масок — в такой ситуации зрачки казались увеличенными, словно под лупой, и более неприязненными. Справедливости ради отмечу: в вагонах московской подземки более половины пассажиров игнорировали маски — в отличие от нью-йоркского сабвэя, где незащищённые рты и носы позволяли себе только бездомные с нагруженными доверху всяким барахлом колясками — риск, реальный и мнимый, был им по барабану.

Я готовился к возможной встрече с теми, кто знал деда в разные поры пребывания в России. По моей просьбе дядя Генрих заранее дал объявления в бесплатные рекламные издания и в Сети. Не обошёл вниманием и газету, в которой дед работал три десятилетия. Объявление было лаконичным: «Всех, кто помнит скончавшегося в США журналиста и писателя Даниила Дикова, просьба собраться на поминки такого-то числа в такое-то время по такому-то адресу...» (указывалась улица Врубеля).

Я закупил водку, вино, закуски и сел в садовой беседке поджидать гостей.

Дядя Генрих, впрочем, предупредил: люди могут не придти по веской причине коронавируса, растущего в столице, «так что особо не уповай на встречу...»

Сами собой ожили похороны деда. Шёл июль, приближался его день рождения, до которого он не дотянул несколько дней. В завещании расписал всё, как должно быть на прощании, разложил по пунктам. В «Разрозненных мыслях» оставил три обнаруженные мной фразы: «Странный обычай — собирать гостей в твою честь, когда ты точно не придёшь»; «Ничто не пробуждает любовь к жизни так, как похороны». Последняя, третья запись выдавала потаённую мысль о глупости и равнодушии ритуала и одновременно демонстрировала, что дед много думал о смерти и готовился к ней: «Похоронный обряд — ненужная, унизительная и нестерпимая своей гласностью процедура (Ричард Олдингтон)».

И приписка: «Согласен на кремацию».

Далее шли несколько не имевших отношения к похоронам страниц — и опять возвращение к теме. *«Я бы организовал собственные похороны совсем не так, как принято. Не зря говорят: похороны важнее покойника, как свадьба важнее любви. Никаких раввинов со скучными речами и наивными попытками разукрасить необязательными эпитетами сосуд скудельный, жизнь в котором прогорела до тла. Музыка, только музыка: весёлая, тешащая душу — Вивальди, Штраус, Моцарт, и печальная, для слёз в душе — Lacrimosa из Реквиема, Adagietto Малера, Adagio Барбера. Сын прочтёт моё обращение к собравшимся. Я попрошу друзей: пусть выступления будут короткие, без трагического пафоса, желательно с юмором, и пусть звучат женские голоса. Потом — кремация, несмотря на глухое осуждение — нельзя, не по-божески, а я не желаю отдать себя на пожирание червям, мне проще прахом стать. Сын развеет там, где я укажу (ещё не решил, где). Гениальную надпись видел на кладбище в подмосковной Малаховке: «Боря, вот и всё...» Вот и всё, Даниил: любовь, измены, радости, страдания, книги, чужие и тобой сочинённые, путешествия, добрые и скверные поступки, сомнения и страхи, умные и глупые решения, победы и поражения, несбывшиеся мечтания, надежды, деньги, никогда в достатке не имевшиеся, бессмысленное ожидание чуда, обиды и прощения, презрение и самоосуждение, стыд и искупление — и много чего ещё, оставшегося за чертой, линией тени. Тень исчезнет с твоим бренным телом, чтобы не возродиться»...*

Решение о кремации дед, очевидно, принял достаточно давно. Его *директивное* отношение к процедуре прощания меня поражает до сей поры. Не понимаю, чем оно было вызвано — то ли фатальностью конца, его неизбежностью, неотвратимостью, то ли тоскливой формальностью ритуала, то ли нарочитым желанием оставить по себе именно такую, а не иную память... Я попробовал соотнести его мысли с высказываниями других людей, и поневоле прикоснулся к покамест чужой для меня материи — таинству человеческого *ухода*. Замечательно написал Джек Лондон: «Я предпочёл бы стать пеплом, а не прахом. Я хочу, чтобы искра моей жизни сверкнула подобно молнии, а не задохнулась над кучей гнили. Лучше быть роскошным метеоритом, каждый атом которого излучает великолепное сияние, чем сонной и косной планетой...» Сколько и каких людей предпочли кремацию захоронению в землю... Фрейд, Эйнштейн, Дисней, Хичкок, Меркьюри, Харрисон, из русских — Брик, Симонов, Плисецкая, Хворостовский, Стругацкие...

Впрочем, мне ещё мало лет, чтобы всерьёз размышлять об этом. Самые мудрые люди — которые вообще не думают о смерти. Кажется, сказал Ларошфуко.

Увы, продуманная до мелочей процедура ухода деда натолкнулась на сопротивление дома ритуальных услуг. Заведение это считается еврейским, а еврея надо провожать в последний путь согласно чётким предписаниям. На кремацию похоронщики закрыли глаза. Спорить мы не могли — не то состояние. Единственно, удалось отстоять музыку: Штраус, Моцарт, Малер, Барбер — всё, как хотел дед. Раввин читал молитвы, были выступления, желающих проститься пришла уйма, стояли в проходах, женщин было больше, нежели мужчин.

Я сказал, что по-настоящему сблизился с дедом в последние годы его жизни. И почитал Одена, знаменитый «Похоронный блюз», по-английски и по-русски в переводе Бродского. Женщины достали платочки — стихи вызвали слёзы, особенно последняя строфа:

The stars are not wanted now; put out every one,
Pack up the moon and dismantle the sun,
Pour away the ocean and sweep up the wood;
For nothing now can ever come to any good.

Созвездья погаси и больше не смотри
Вверх. Упакуй луну и солнце разбери,
Слей в чашку океан, лес чисто подмети,
Отныне ничего в них больше не найти.

Деда помянули в ресторане «Татьяна» на бордвоке Брайтона. Скорбь и скуку прогнали согласно его пожеланию, люди улыбались, смеялись, рассказывали байки. Расходились поздно вечером будто не с поминок, а со дня рождения.

<h1 style="text-align:center">4</h1>

Возначенный час в доме дяди Генриха на улице Врубеля никто не появился. Вдвоём мы сидели в беседке, безучастные и молчаливые. Выходит, объявления не сработали, ни у кого не проявился интерес к персоне журналиста и писателя, давно покинувшего этот город. Но, скорее всего, испугал новый вирус дельта-штамм, о чём предупреждал дядя Генрих. В июле умерли 50 тысяч россиян — самый высокий показатель с начала пандемии. В Москве и Питере больше всех заболевших. И конца-края заразе нет...

В таких невесёлых мыслях мы пребывали с полчаса, как вдруг звонок входной двери, слышный в беседке, известил о появлении гостей.

Их оказалось четверо. Пришли с промежутком в несколько минут, в чёрных и голубых масках. Встречала их жена дяди Генриха и направляла в беседку. Гости, недоверчиво косясь друг на друга, как по команде, сняли маски.

Передо мной предстали пожилая, широкая в кости дама в светлом парике, похожая на болонку, высокая моложавая брюнетка с короткой стрижкой и в строгих очках толстой оправы и лысоватые мужчины примерно одного пенсионного возраста, один с мефистофельской бородкой.

Мы познакомились, я попытался с первого раза запомнить имена: Алла Владимировна, Нина, Лёня и Пётр, который бородатый. Расселись поудобнее на скамье и плетёных стульях. Дядя Генрих представил меня: Кирилл, американский внук Даниила Иосифовича, интересуется жизнью умершего деда, потому и пригласил знавших его по Москве. По-русски говорит свободно, как мы с вами, так что проблем в общении не возникнет.

Гости глядели на меня с любопытством, особенно Алла Владимировна; я чувствовал себя игрушкой, которую только взяли в руки, осматривают, ощупывают, крутят-вертят, прежде чем решить, что с ней делать дальше.

— Угощайтесь, господа, выпивайте, закусывайте, тогда и разговор пойдёт живее, — хозяин беседки приступил к обязанностям ведущего. — И пару слов, по какой линии знакомы с Диковым — Кириллу легче будет ориентироваться. Кое-что он запишет, если не возражаете.

Никто не возражал. Я приготовил блокнот и ручку.

Похожая на болонку дама назвалась коллегой — немало лет проработала с дедом в газете — «самой популярной до той поры, пока газеты ещё читали», уточнила. Нина оказалась дочерью друга семьи и дальнего родственника отца Дикова — «мы хорошо знали Даниила Иосифовича и Семёна». Лёня был раменским земляком деда и московским издателем его книг: «С некоторых пор живу в Германии, приехал продать квартиру и случайно на объявление наткнулся». Обладатель мефистофельской бородки Пётр сказал о себе так: «Критик, публицист, похвастать близким знакомством с господином Диковым не могу, мне нравятся его произведения, писал рецензии, статьи, общались по имэйлу и телефону...»

— Что вас, молодой человек, интересует? — въедливо и несколько официально поинтересовалась Алла Владимировна. — Творческая деятельность Даниила Иосифовича, личная жизнь, особенности характера, привычки, разные с ним связанные истории?

— Я не знаю... Наверное, всё вместе, — ответил я.

— Ну, тогда слушайте... — она извлекла из сумочки карманного формата книжку с серой невзрачной мягкой обложкой.. — Мемуары, не мои, не пугайтесь, — и обнажила в улыбке золотую коронку. — Наш коллега сочинил, Марк Иванович Гаврилов, покойный, к сожалению. Его у нас в газете называли «Кошмарк Иванович». Зам. ответственного секретаря. Мужик, кстати, приличный, но задиристый, ехидный, спуску никому не давал. Он с Даней дружил, выпивали вместе, в газете без пьянки дня не обходилось, да и в другие злачные места заглядывали — в домжур, в писательский дом, в «Балалайку» — это дом композиторов, куда ещё?.. ах, да, в «Парткабинет» — так кафешку на втором этаже гостиницы «Центральная» называли, свободно давали водку разливать...

— Мадам, вашей осведомлённости по этой части можно позавидовать, — поддел бородатый.

— Ничего удивительного, — ответила на ехидную реплику. — Иногда и сама участвовала. Чего стесняться — рассказываю как было.

«Даня» в её устах кое-что приоткрыло. Кажется, ещё одна дедова подруга. Неужели он часто выпивал? Я об этом от него не слышал. Стеснялся вспоминать?

— Господа, есть тост, — объявил дядя Генрих. — Помянем Даниила Иосифовича, замечательного человека и хорошего журналиста, писателя. Тоскую о потере близкого товарища. И чтобы дважды не вставать, пожелаем его внуку унаследовать лучшие качества деда, как он, стать личностью...

Выпили водки, Нина — красное вино.

— Хочу немного прочесть, — Алла Владимировна раскрыла книжечку Гаврилова, нашла нужную страницу:

«Диков представлен в Википедии широко как журналист, писатель, диссидент, глава газет и журналов за рубежом, даже сказано, что он около 30 лет был ведущим колумнистом нашей газеты... Ох, уж эта неистребимая интернетовская (и не только) любовь к американизмам и англицизмам! Просветился по поводу колумниста — это автор, ведущий газетную колонку. Правда, я не помню, чтобы он вёл какую-то особую колонку в газете. Но материалы писал интересные, неожиданные, умел найти интересные темы. Он прославлял создателей вертолётов МИ и самолётов Петлякова, Мясищева, Туполева, выкапывал неизвестные подробности биографии изученного вдоль и поперёк Ф. М. Достоевского. Когда он отправился во Францию на поиски документов и фактов любовной связи гения мировой литературы с народницей, над Даниилом посмеивались. А он спустя годы издал роман о сложных взаимоотношениях Аполлинарии Сусловой и Фёдора Михайловича, который увидел в шестидесятнице проявление бесовщины.

Диков как никто другой умел облечь свои впечатления, почерпнутые в репортёрских командировках, встречах с героями статей, очерков, в книги. Побывал в Кабуле во время афганской войны — книга. Командировали его в Спитак, разрушенный землетрясением, — книга. Я, честно говоря, испытываю белую зависть к подобной способности, каковая у меня полностью отсутствует.

…Наши судьбы, как бы пересекались, хотя и незримо, не фиксированно. Он родился в Подмосковье, в городе Раменское в 1941-м. Меня туда привезли родители в 1943-м. Возможно, Даня возился в песочнице, когда я проходил мимо, направляясь в первый раз в первый класс. Самое интересное совпадение произошло, судя по всему, 6 марта 1953-го. В этот день и в моём 10-м классе калининградской школы, и в 6-м классе раменской школы произошли похожие события, связанные со смертью вождя всех народов Иосифа Виссарионовича Сталина. Я высказал сомнение в правильности ареста врачей-убийц, которые могли спасти товарища Сталина. Это вызвало ужас одноклассников и педагогов и чуть было не привело к исключению меня из школы и комсомола. В Раменском, где учился Даня, в тот злополучный день его однокашник выкрикнул ему в лицо: «Это вы, жиды, убили Сталина!» Даня, мирный застенчивый мальчик, как он сам себя характеризует, в ответ бросил чернильницу-непроливашку, разбил ему голову, за что был исключён из школы. Так как мама его была завучем, хотя и в другой школе, она сумела восстановить сына».

— Да, это был поступок! — отреагировал бородатый.

Я был знаком с этой историей и не преминул внести поправку:

— Кошмарк Иванович попутал: мама моего деда, моя прабабушка, не была завучем, это дедова тётя Маня, педагог, спасла его…

— Поправка принимается, — милостиво разрешила Алла Владимировна и добавила: — А вы, Кирилл, судя по всему, хорошо знаете биографию дедушки…

— Мы с ним в Раменском выросли, — вступил в беседу Лёня. — В футбол гоняли, в городки играли, по ночам яблоки воровали из садов… Боевым парнем он не был, однако водился с пацанами постарше, а у тех или отец сидел, или брат. Понятно, какой науке они обучали. Иногда дразнили жиденком, но не били… Город наш бандитским считался, особенно «Песочек» — район близ станции, где Даня жил. Между прочим, он два привода в милицию имел: тырил жмых и магниты на пакгаузе. Ты, Кирилл, знаешь, что такое жмых? Не знаешь?

Отжимают на прессах семена подсолнечника, выдавливают растительное масло, делают брикеты и на корм скоту. Мы любили жевать и сосать жмых — на языке собирались капли подсолнечного масла, здорово голод утолявшие. Мы понимали коров... Не забывай — речь идёт о первых послевоенных годах...

— Вы, Лёня, новыми глазами заставляете взглянуть на Дикова, — удивилась Нина. — Я понятия не имела о приводах в милицию. И отец мой не ведал. Дедушка ваш совсем иным представлялся. Часто приезжал в Ленинград, вёл с отцом долгие беседы о литературе. Отец мой Израиль Айзикович, военный инженер, полковник — эрудит, много читал, библиотека у нас — многие завидовали. В Дане ценил творческое начало. Пошли первые книги, они обсуждали, спорили, всё ли удалось сказать, как хотелось. Конечно, не всё, цензура выбрасывала лучшие куски. Отец мой при всём при том советским человеком был со всеми вытекающими... Когда узнал, что Семён и Таня собираются эмигрировать, сильно переживал. А когда Даня собрался в дальний путь, совсем расстроился. Тогда и бросил фразу: «Даже если мне будет грозить убийство, я никуда не уеду...» Напророчил свою судьбу. Пошёл в собес за пенсией, его выследили, довели до дома по улице Ракова (тогда уже переименованной в Итальянскую), в подъезде избили до полусмерти. Соседи обнаружили лежащим в луже крови и не узнали: лицо — месиво. Звери... Пролежал две недели в больнице и умер от сепсиса... Кирилл, он очень любил Иосифа Давидовича, вашего дедушку, вашего отца Семёна, и вся наша семья любила...

Нина сняла очки и вытерла краем салфетки поддужья глаз и щёки.

— Я в Москве навещала друзей, презрев эпидемию. Надоело до чёртиков сидеть взаперти. Попалась в магазине рекламная газета, взяла машинально, вечером раскрыла — и наткнулась на объявление. Надо обязательно пойти, решила, живая ниточка восстановится от вашей семьи к нашей, к тому, что осталось. Ваш, Кирилл, приезд для меня подарок. Вы — молодец, коль интересуетесь жизнью деда во всех ипостасях. Передавайте огромный привет отцу и Тане. Как они поживают?..

Меня тронули слова и пожелания Нины. Она показалась весьма симпатичной и доброжелательной. Про её отца, военного инженера, и про его гибель в «Разрозненных мыслях» ничего не говорилось, во всяком случае, я не обнаружил. В одном из романов, правда, схожая ситуация описана, но имел ли дед в виду Израиля Айзиковича, неизвестно.

— Даня — поздний ребёнок, отцу его было 45, матери 38. Из таких либо замечательные личности выходят, особенно творческие, либо пустышки. Данин отец из тюрьмы вышел, когда Ежова сняли и Лаврентий пришёл. Он три процента зэков выпустил из тюрем, кого осудить не успели. Даня на свет появился летом, на второй месяц войны. Шутил, что его крёстный отец — Берия. Народ не понимал и крутил головами... Отец Дани ушёл в ополчение, должен был погибнуть, как тысячи других, но повезло, отделался ранениями. Кремень был мужчина, его соседи уважали и побаивались. Ходил, помнится, все сезоны в полувоенном кителе и галифе со следами штопки. Внушительной комплекцией и голым черепом на Котовского смахивал, его пару раз даже арестовывали из-за такого сходства. Котовский, для твоего сведения, Кирилл, — герой Гражданской войны в России, так о нём пишут, а по сути — такой же бандит, как «красные». Да... Даня бедно жил, на школьном выпускном вечере единственный в классе не имел выходного костюма. А, между прочим, отец его в промкооперации трудился, начальником цеха, там миллионы подпольно делались, а он в заштопанном галифе...

Почти всё, сообщённое Лёней, я знал из рассказов деда и его книг. Тем не менее, было приятно укрепить своё маленькое открытие: в его текстах фантазия уступала место реалиям, дед выдумывал, опираясь на то, что видел и пережил сам. Хорошо это или плохо, я не знал. Наверное, всё-таки хорошо, ибо бородач Пётр заговорил именно об исповедальности написанного Диковым как о литературном явлении. После третьей или четвёртой рюмки голос его звучал звончее, энергичнее, театральнее. Излагал он убедительно-складно, как по-писаному.

— В романах Дикова, в особенности за рубежом изданных, я обратил внимание на стиль изложения. Особенная проза — дневник не дневник, исповедь не исповедь, покаяние вполне бесстрашное, не боящееся осуждения, своего рода треба. Не всякий решится обнажаться... Ни у кого из здравствующих литераторов я не находил такого сгустка откровений. Писал об этом, ставил Дикова в пример — меня клевали, не хотели признавать очевидные достоинства его прозы. Еврей, да ещё иммигрант — для наших российских критиков как раздражитель током. Да и кто эти критики? Многие вообще за деньги рецензии сочиняют. Ни стыда, ни совести. Объединяются по типу стаи — наш не наш, надо поднять или опустить, наклонить? Диков — *не наш*, точнее, *не их*. На конкурсы произведения свои принципиально не выставлял, с критиками не дружил, не заискивал, перед ними, вот и стал чужим. Плевать на них с высокой колокольни — книги деда твоего, Кирилл, останутся, вот что главное. Надеюсь, всё внимательно прочитал?..

— Бог с ней с литературой, — встряла Алла Владимировна. — Парню, — указала на меня, — куда важнее байки про деда услышать.

Поучительные, смешные. Был у нас зам. главного редактора Михаил Мартемьянович, проштрафившийся дипломат, разжалованный за пьянку. Не злюка, деликатный, обходительный, к журналистике имел такое же отношение, как я к балету. Прозвище имел Бескозыркин — обыгрывалась фамилия. Обладал пагубной страстью править чужие тексты и вписывать всякую хрень. В Москву приехала Фрида Браун, президент международной демократической федерации женщин. В парке Горького в субботу митинг с её участием. Даню послали осветить. Ну что там писать — тридцать дежурных слов и протокол: присутствовали такие-то высокие гости. Даня продиктовал текст машинистке — компьютеров ещё не было, на работу решил не возвращаться, сел в трамвай и поехал на Ваганьковское кладбище. По случаю дня рождения Высоцкого несколько друзей решили собраться у могилы и памятника и помянуть барда. Время час дня, свежий номер газеты вот-вот будет подписан. Едет Даня, вот уже белый корпус редакционного здания замаячил, а на душе кошки скребут. Может, зайти в комнату выпуска и прочитать свой текст про митинг... Тем более, дежурит Бескозыркин. Так и сделал. Прочитал и в ужас пришёл. Бескозыркин направил такое!.. Вместо Фриды Браун на подписной полосе значилось... Ева Браун.

Сидевшие в беседке захохотали. Я — позже остальных, пока до меня дошёл скрытый смысл чудовищной ошибки.

— Слава богу, успели исправить. Бескозыркин извинился перед Даней. А не загляни Даня в комнату выпуска, появилась бы «Ева Браун» на полосе и...

— Скандал вышел бы изрядный, могли Даниила Иосифовича попереть из редакции, несмотря на все заслуги, — высказалась Нина.

— Или такая история, — Алла Владимировна окинула нас горделивым взглядом человека, который открывает неведомое. Ей нравилось быть в центре внимания. — Работала у нас некая Груня, Агриппина Аркадьевна Окская, дочка писателя-чиновника...

— Тот ещё тип, — перебил Пётр. — Общественный обвинитель на процессе Синявского-Даниэля. Старый чекист, черносотенец от литературы. Тебе, Кирилл, наверняка ничего не говорят эти имена, а для нас они много значат. Могу потом растолковать, кто они и в чём обвинялись... Извините, Алла Владимировна, что перебил.

— Ничего страшного. Как известно, дети за отцов не отвечают. Груня — разведёнка с ребёнком, в деньгах нуждалась после смерти папаши. На ниве журналистики лавров не снискала, зато, покинув редакцию, возглавила концерн по выпуску так называемых женских романов. На поток поставила. Чуть ли не каждый месяц по книге. Миллионы зарабатывала на труде литературных «негров».

— Вопиющая графоманка, — заметила Нина.

— Зато лидер по тиражам. Читают у нас в основном бабы, мужики водку пьют, им не до книг, — прорезался дотоле молчавший дядя Генрих.

— Вы о Груне и без меня знаете, я для молодого человека стараюсь. Слушайте внимательно историю — не пожалеете, — Алла Владимировна подошла к главному. — В мемуаре своём она тепло Даню помянула, назвала спасителем. В устах Окской комплимент довольно сомнительный, однако история в самом деле пикантная.

Она отпила из рюмки, закусила смачно хруснувшим малосольным огурцом, облизала губы в перламутровой помаде и продолжила:

— Перескажу своими словами. Был в газете некий Илья Львович Будалов, мужчина в возрасте, не сказать, старый, влиятельный, друг главного редактора, заведовал отделом партийной жизни. Ну, сами понимаете... Он Груньке предложил помощь в продвижении карьеры и ручонкой полез под юбчонку, за что мигом схлопотал по морде. Оказался злопамятным, перестал с ней здороваться, снимал с полосы её заметки, критиковал на планёрках и летучках.

Даня поинтересовался:

— Грунька, что ты сделала Илюхе? Он тебя сожрать готов.

Та поведала.

Даня засмеялся:

— Ну, ты, мать, сильна... Ладно, не дрейфь, я улажу.

На следующий день, торопясь на работу, Груня влетела в лифт и обнаружила в кабине Будалова. Выскакивать назад было глупо. Она вжалась в угол. Будалов неожиданно растёкся в улыбке:

— Здравствуй, дорогая Грунечка!

— Э... доброе утро! — пролепетала, поражённая такой приветливостью.

Через полтора часа на планёрке Будалов принялся нахваливать её заметку.

— Что ты сотворил с Илюхой? Это ведь твоя работа! — подступила к Дане с расспросом.

— Я по большому секрету выдал ему тайну — ты спишь с Р.

Р. был высоким чиновником в горкоме партии, ведал идеологией.

Грунька в полном ужасе.

— Ты с ума сошёл!

— Вовсе нет. Илюха — дикий трус, а Р. об этом никогда не узнает.

Вот такой маленький детективчик... — и довольная собой, похожая на болонку дама победно оглядела нас.

Водка делала своё дело, закуски постепенно исчезали, гости расслабились. Пётр достал сигарету и получил разрешение женщин курить за столом. Внимание переключилось на меня, стали расспрашивать о жизни, о работе, досуге, о том, где я себя лучше, комфортнее ощущаю — в Калифорнии, Бостоне или Нью-Йорке. Я пожал плечами — в каждом месте по-разному.

Естественным образом подошли к обсуждению пандемии.

— У нас в Германии порядки строгие, немцы — народ исполнительный, терпеливый, сказано прививаться — прививаются.

Привитым скидки дают на продукты.

— «Пфайзер» колют? — спросил дядя Генрих.

— «Пфайзер» и «Модерну». Я — «Модерной». Кстати, у нас все привиты? — поинтересовался Лёня.

Все кивнули. Мне показалось, Алла Владимировна менее уверенно остальных. Что касается меня, то я переболел ещё при жизни деда (его тогда пронесло) и через полгода принял две дозы вакцины и сделал бустер.

— Вы, Лёня, не в лучшие дни прибыли жильё продавать, — заметила Нина. — У нас беда. Росстат врёт отчаянно. Серьёзные специалисты боятся афишировать, однако на некоторых сайтах проскальзывает: умерших в три раза больше.

— Да, промахнулся. Пока один вариант есть — на нём и остановлюсь.

— Собянин объявил: пик заболеваемости пройден. Тоже врёт как сивый мерин, — продолжил Пётр. — Но чтобы ему поверили, отменил обязательное ношение перчаток в магазинах, метро, общественных местах. В августе — перчатки! С ума сойти!

— Медицина разрушена, лечить нечем, аппаратов ИВЛ катастрофически не хватает, — поддержала Нина. — В Москве и Питере ещё более или менее, а в провинции — мрак.

— В доморощенных вакцинах не уверена, западных не достать, — Алла Владимировна осудительно скривила рот. — Кирилл, а в Нью-Йорке какая обстановка?

— Зимой 20-го была жуть. Хоронить не успевали. Нынешней зимой — полегче. На Восточном побережье вакцинируются куда охотнее, чем в «красном поясе». Трамписты поголовно отказываются, южные штаты готовят иск в Верховный Суд против принудиловки с вакцинацией. В России много отказов?

— Долбоёбов, извините, хватает, — пояснил бородач. — Кто в первых рядах отказников? Антизападники, ура-патриоты, националисты всех мастей. Интересное кино: это те, кто из «ящика» бормотуху глотают и не морщатся. Ярые пропутинцы. Верят всякой чуши и мерзости по поводу бандеровцев, укрофашистов — и не верят государству, призывающему вакцинироваться. Такой пердимонокль.

Слушая Петра, я вспоминал деда, он обронил однажды (я записал): «Люди делятся не на расы, классы, общества, системы — они делятся на умных и глупых, хороших и плохих; плохих больше, хорошие — подарок судьбы. Ну, а без дураков какая Россия...»

— Вот вы, любезный Пётр, помянули ярых пропутинцев. — Нина сняла очки и словно помолодела на десяток лет, лицо приобрело детскую ранимость. — Почему так называемый глубинный народ всему верит и поддерживает Властителя? Верит в абсолютно чудовищные, иррациональные вещи. Чем хуже с ним обращаются, тем он более безропотен. У меня ответ имеется, а вы поспорьте, если не согласны. Народ любой ценой стремится вернуть состояние защищённости, стабильности. Люди боятся, не доверяют власти — и желают побыстрее с ней примириться, не раздражать без особой нужды. Кого-то гнобят, мучают, в узилище сажают — а массы радуются, что не их гнобят, мучают, сажают.

— Спорить не о чем, вы, Нина, зрите в корень. Человеку важно убедить себя: ничего ужасного, в сущности, не происходит, всё вполне терпимо.

— Вы имеете в виду ограничения, запреты, издевательства, бесконечную подлость власти? — Нина запальчиво.

— Каждый человек придумывает правила для оправдания собственной жизни — помните Льва Николаевича? Вот и наши сограждане, как правило, далеко от Москвы и Питера обитающие, придумывают оправдания — и себе, и власти: если она так поступает, то в наших же интересах.

— Можно пять копеек вставить? — Алла Владимировна привстала, потянулась к бутылке, наполнила рюмку и одним махом осушила, будто укрепила решимость высказать нечто особенное важное. — Все сегодня всё понимают, знают, глубинный, как вы изволили выразиться, народ — не идиот, хотя, разумеется, придурков и швали хватает, выведем их за скобки. Люди боятся признаться самим себе в понимании и знании, ибо как дальше жить с этим? Да, как жить? Уехать немногие могут, ну, сколько Россию покинули? Несколько сот тысяч, не миллионы же... Капля в море. Миллионы остались. И как им прикажете существовать, выживать в окружающем дерьме? Бард наш великий не зря пел: «Траву кушаем, век на щавеле, скисли душами, опрыщавели...» Нет, лучше не признаваться, что всё понимаешь и знаешь.

— Что бы по сему поводу высказал Даня... — Лёня бросил как бы в пустоту и сам же ответил: — Согласился бы с каждым из вас и наверняка добавил. В саге его такой пассаж есть. Я книгу издал в Москве, хорошо запомнил это место. Конец восьмидесятых-начало девяностых, по России волной митинги покатились. Ну, вы помните... Народ в политику ударился. На Манежной площади до ста тысяч собиралось. Форменное сумасшествие. На каждом митинге, как заклинание: «Дороги назад нет! Возврата к прошлому не будет!» И что Даня пишет? — достал из кармана рубашки свёрнутый пополам листок — надо полагать, специально подготовил к встрече. — *«Вчерашние лакеи, учуяв выгоду, возомнили себя истинными демократами, ярыми борцами с коммунизмом, пребывали в уверенности — ничего не стоит повернуть страну в нужном направлении. Памятник Дзержинскому свалили — и остальное так же повалится, само собой, лишь подтолкнуть маленько требуется. И так всё легко и просто казалось, и во всю мощь ораторских лёгких, усиленных микрофонами, неслось по площадям: «Возврата нет!», и подхватывали тысячеусто, усиливали, и плыло звонкое эхо над головами, и входили в раж от собственной смелости и решимости, и мерещилась скорая победа по всем направлениям. А я вспоминал Бердяева: революция всегда есть маскарад, и если сорвать маски, то можно встретить старые, знакомые лица. Новые души рождаются позже...»* И далее Шкловского приводит: *«Бессмысленно внушать представление об аромате дыни человеку, который годами жевал сапожные шнурки».*

— Покажите мне такую страну, где славят тирана, где победу в войне над собой отмечает народ. Покажите мне такую страну, где каждый — обманут, где назад означает вперёд, и наоборот... Сегодня Тальков в кутузке сидел бы. А тридцать лет назад пели и на что-то надеялись, — дядя Генрих усмехнулся. И внезапно, будто резким взмахом топора полено разрубил: — Будет война или пронесёт?

Я вздрогнул. Прозвучало диссонансом — только что о народе рассуждали и вдруг война...

— С кем? С НАТО?

— Нет, Лёня, кишка тонка, — ответил дядя Генрих.

— Тогда с кем? — спросил Пётр.

— Не знаю. Боюсь даже помыслить вслух.

— А ты не бойся, — голос оживившегося, поддатого бородача зазвучал натянутой струной. — Что у нас межеумки по «ящику» талдычат ежевечерне? На дрист похожие трели Соловьиные, истерики Сукабеевой?

— Ух ты, здорово переделал... — восхитилась Алла Владимировна. — Скабеева-Сукабеева... Точно...

— Я программы эти игнорирую, — парировал дядя Генрих.

— И правильно поступаешь. Однако они существуют и мозги компостируют народным массам. С бандеровцами, нациками, укрофашистами война готовится, большая и кровавая.

— Да где их найдут? Нет их в Украине, ну, может, единицы.

— Никого, Лёня, искать не надо. Объявят врагами соседей — и баста.

— Не верю в войну, тем более с братским народом. Путин же постоянно твердит: «Мы — единый народ», — Алла Владимировна категорично.

Нина поддержала: какая война, опамятуйтесь!

— Вы, братцы, вернее, сестрицы, ошибаетесь. Со своим народом воевать легче, бесчинства творить безнаказанно, — гнул своё Пётр. — Читайте и слушайте вождя, он слов на ветер не бросает. Большинство аналитиков полагает: это он для куражу, для острастки, внаглую Запад шантажирует, атомной елдой трясёт, извините, дамы. А я вурдалака всерьёз воспринимаю. Он — может. Может — понимаете?! Поскольку безумец особой масти, обуреваемый имперской идеей. Идея такая в воспалённом мозгу — штука страшная.

— Пора отбросить все идеи — их выдумали прохиндеи...

— Во-во, Лёня, замечательные строки ты привёл. Он — не прохиндей, то есть, и это тоже, реально же — ничтожество, уёбище, моль, примитив и внутренне, и внешне, Диков замечательный портрет нарисовал в романе; ну, захотелось стать не молью, а Драконом, великим, крутым судьбоносцем, чтоб весь мир у его ног... Ныряние за амфорами, погружение в батискафе, полёт со стерхами — ерунда, для Дракона мало, мелко, надобно более солидное, внушительное — и тогда рождается идея воссоздания утраченной империи. Восстановление территорий исторической России в границах бывшего Совка до 1991-го. Собственно, идея эта давно его шалую голову отягощала, но теперь следует попробовать осуществить практически и обосновать теоретически. Отсюда интерес к истории, начинает читать Ильина, заимствовать солженицынские шовинистические взгляды, подпитываться дугинскими мыслями, по сути, фашистскими, сурковским открытием суверенной демократии... Тексты исторические из-под пера вождя — бредятина, что может создать необразованный гэбэшник, но, как ему кажется, — доказательства величия страны и гарантия личного властвования. Он же трус чудовищный, смертельно боится утратить власть.

— Восстановить исторические границы, вернуть потерянные земли — фантазии, иллюзии, притом весьма опасные. Как он собирается отвоёвывать пространство — огнём и мечом? Со всеми соседями разом бороться?

— Уважаемый Генрих, кто сказал, что разом? По очереди, постепенно. Начнёт с неньки, помяните моё слово. Украина у него в печёнках сидит. Умный человек сказал: сердце русского шовиниста бьётся в Киеве — и я с ним солидарен. Война на носу. Даже если не уходить глубоко в историю, а остаться на уровне сухих фактов. После распада Советского Союза — делёжка флота, делёжка вооружения, отказ Украины от ядерных бомб, и в итоге Будапештский меморандум, или, попросту, обман. Далее — продолжение газовых войн, Майдан, резко ухудшение отношений. Потом «мюнхенская» речь Путина. Нутро своё он обнажил. Далее — Грузия, задавленная силой. А Украина как бельмо на хищном глазу путинском. Последний очаг сопротивления. Война, повторю, неизбежна, захват Крыма и Донбасса был только началом. И способы завоевания известны, прежним опытом апробированы: оккупационный режим и массовый террор.

— Вас, по-моему, крепко заносит, — не выдержала Нина. — Массовый террор в отношении братского народа — это... это... — не нашла слов.

— Вынужден повторить: именно потому, что мы — братья, единый, как считает вождь, народ, именно поэтому с ним можно не церемониться. Как к собственному народу правители советские относились, общеизвестно. Украинцев то же самое ждёт, если не хуже.

— И кто же будет этот самый террор осуществлять? Солдаты-контрактники, за деньги воюющие? Обыкновенные простые русские парни? Станут легко выполнять приказы командиров?! — загорячилась Нина.

— Поймите же, наконец: мы, вроде интеллигенты, нормальные люди, живём в иллюзиях, как заклинание, произносим: демократия, права человека, в стране же нашей запущенной, нищей люди в массе своей плевать хотели на эти права и прочее. Они-то и есть подлинные русские, в отличие от нас — прекраснодушных дураков. Прикажут — и пойдут убивать, мало не покажется.

...Никто, кроме Петра, в итоге спора не признал возможность новой большой войны, и я в том числе (мой слабый голос потонул в хоре несогласных). На этой ноте и завершилась наша встреча-поминание деда.

Он скончался за год и семь месяцев до 24 февраля, числа, к которому излишне добавлять дату — и так понятно. Нарицательными бывают не только имена, но и даты.

Иногда я думаю: хорошо, что он не дожил до этого скорбного дня. Что бы с ним происходило, с трудом представляю. Наверняка метался бы, как зверь в клетке, выл и рычал, бился о железные прутья, грыз их, мучаясь бессилием повлиять на нарастающие события. В 1999-м, ранней осенью, дед выступал на американо-русском телевидении в программе «Пресс-клуб». Вёл программу Надеин — по отзывам деда, блестящий публицист, умница, глубоко порядочный человек. Деда уважал, ценил, потому и привлёк в качестве соведущего. В одной из передач, сразу после взрывов домов в Буйнакске, Москве и Волгодонске, говорили о Путине, скакнувшем из кресла руководителя ФСБ в премьеры. Чудом тогда не смогли взорвать четвёртый дом — в Рязани, когда бдительный житель углядел, как в подвал затаскивают какие-то мешки, и сообщил в милицию. Оказалось. взрывчатка по имени гексоген, а чекисты, пойманные с поличным, открестились, сказав — сахар. Давняя, известная теперь всем история. Так вот, показал Надеин видеокадры с Путиным, а дед буквально следующее: «Не знаю, какой я физиономист, но человек на видео принесёт огромные беды своей стране и миру».

Дед всё угадал. Запись на продолговатой кассете старого образца VHS хранилась у него дома бесценным доказательством и перекочевала в архив. Я обнаружил кассету, разбирая оставшиеся от деда бумаги.

Ну, а потом покатилось: обвинения чеченцев во взрывах домов, вторая чеченская война, воцарение Путина на трон на долгие годы, Беслан, Норд-Ост и прочее — и 24 февраля. Делают удивлённые глаза: как, почему, кто мог предвидеть? Ах, если бы его роман о ВВП внимательно прочли?!.. Но и тогда, полагаю, ничего не изменилось, колесо истории не раскрутилось в обратную сторону. Народ хотел такого властелина и получил. Вините теперь народ, только бесполезно — никогда не сознается, не признает вины.

Я не предполагал, что 24 февраля впрямую затронет и меня, и я как сумасшедший по несколько раз на дню буду искать и читать на мобильнике свежие украинские новости: ужасаться, негодовать, сжимать кулаки в ярости. Никого прежде я так не ненавидел, как плюгавое существо, погружающее мир в пучину. В такие минуты покойный дед как бы находился рядом, я изливал ему душу, внимал его негодующим словам; мы были единомышленниками, но функции наши разнились — дед лишь выполнял роль собеседника, незримого свидетеля творимого Антихристом зла, а от моих конкретных действий зависели в прямом смысле жизнь молодой женщины и наше с ней будущее.

Об этом — позже.

5

После смерти деда, как я уже писал, остались три чемодана архива. Он никого к ним не подпускал, известное одному ему содержимое хранилось в storage многоквартирного бруклинского дома, где дед обитал. Отправить чемоданы в Сан-Диего было неразумно — проще разобрать бумаги на месте в Нью-Йорке. Отец поручил эту миссию мне, чему я был рад, несмотря на определённые неудобства — разместить поклажу в маленькой манхэттенской студии значило отчасти превратить моё жильё в склад. Тем не менее, перевезя к себе чемоданы, я безотлагательно занялся разбором архива.

В первом чемодане, аккуратно рассортированные, хранились журналы, газеты, вырезки с дедовскими статьями, начиная с советского времени. Таких, правда, было немного — творчество Дикова доэмигрантской поры запечатлелось в нескольких книгах, уместившихся на полках домашнего стенного шкафа. К ним добавились российские и американские издания, начиная с 2000-х (начальные лет семь жизни в Штатах дед книг не писал, зарабатывая на хлеб подённым трудом в русских редакциях).

С первым чемоданом хлопот не возникло — я проветрил его, заново уложил перевязанные тонкой бечёвкой стопки печатной продукции, застегнул на все «молнии» и отправил в хозяйственный отсек.

Второй и третий чемоданы битком набиты были письмами, фотографиями, продолговатыми видеокассетами VHS и дисками с записями программ американо-русского телевидения, в которых дед принимал участие. Здесь же в беспорядке лежали исписанные корявым дедовским почерком и набранные на компьютере страницы, а также блокноты, записные книжки с выцветшими чернилами, и среди ветшающего, в патине лет старья, глаз выделил коричневую толстую общую тетрадь с интригующим названием: «Разрозненные мысли». Тетрадь открывалась несколькими фразами в правой верхней части, вынесенными наподобие эпиграфа: «*Ушедшее время плотно отгорожено от меня, я словно плыву в подводной лодке в своём наглухо задраенном отсеке, и лишь усилием памяти раздвигаю стальные переборки, начинаю слышать звуки, перерастающие в членораздельную речь, видеть подёрнутые туманной дымкой лица тех, среди кого протекала моя жизнь, и то, что происходило с ними и со мной. Из немыслимо далёкой глуби выплывает одна история за другой, и я допытливо спрашиваю себя: неужели и вправду было, происходило?..*»

Во всём этом надлежало разбираться.

Передо мной предстала целая жизнь человека, в которую заглянул без спроса (полагаю, дед бы не возражал) — с закавыками, находками, потерями, страданиями, любовью, изменами, горестями, утратами, обретениями; я должен был приоткрыть потайную дверь, ведущую в сокровенные уголки души, из земной яви шагнуть в космическую ночь, ответить самому себе на вопрос, на который дед уже не ответит: выше ли то, к чему он стремился, чем то, с чем боролся? Довольно туманную по первому ознакомлению фразу я однажды услышал от него и запомнил.

Сидя в замешательстве перед натужно дышащим пылью и затхлостью чемоданным чревом, я непроизвольно заговорил заученными, как стихи, однажды дедом написанными, самыми, мне кажется, важными, категорическими словами: «*...Отчего случается такое: среди ночи или в разгар дня толчком и обмиранием в груди рождается томящая, неотпускающая боль, и мы начинаем жить с ощущением её постоянного присутствия. Она словно доносится из детства, когда мы ещё способны плакать и чисто любить, когда незащищённая душа не обросла коростой и ложь воспринимается совершенно противоестественной; свившая гнездо внутри нас взрослая боль напоминает о непоправимом, об утрате по нашей вине невозвратно-дорогого, о недовершённом и несостоявшемся, она то замолкает на время, то буравит насквозь, и не унять её доводами рассудка и самоуговорами. Мысли кружат и кружат,* *чёрные и смутные: можно ли что-то изменить и поправить вокруг, можно ли изменить и поправить нас самих, свыкшихся с земным мельтешением? А неминучая боль-древоточец продолжает жить и угрызать — наша неотвязная память, наш беспощадный прокурор».*

К данному моменту размышления эти никак не относились, однако вспомнились сами собой, словно порыв совести, мучающий обычно тех, кто не виноват.

К изучению архива я приступил со смешанным чувством возбуждения и боязни открыть нечто, скрываемое дедом. Отводил на это свежие утренние часы выходных, ибо в будни уставал на работе и было не до копания во внутренностях чемоданов.

Начал с фотографий. Их было великое множество, включая черно-белые, советской поры, малознакомые. Прежде чем перебирать и разглядывать имевшие пояснительные надписи на обороте, извлёк изветшавший темно-вишневый бархатный футляр с золотистой фигурной застёжкой. Снял застёжку, и пухлый семейный альбом сам раскрылся на середине. Страницы из твёрдой гладкой бумаги вроде картона имели гнезда-прорези, куда вставлялись снимки. Передо мной представали бородатые и гладко бритые мужчины в лапсердаках, цивильных костюмах, сапогах, ботинках с высокими голенищами, женщины в длинных тёмных платьях, юбках с передниками, беретах, вязаных шапочках, шляпках и наряжённые дети. Альбом я прежде держал в руках пару раз, слушая пояснения деда, кто есть кто на старинных фото. Признаться, почти ничего не запомнил. Лицезрение альбома, кроме праздного интереса, не имело смысла — никто уже не сможет поведать о семейной родословной. Деда нет в живых, мой отец мало что знает. Прихлынули горючая жалость и разочарование: как же так получилось?

Рядом с футляром я обнаружил полотняный мешочек с *галошами* размером в полладони. Этого русского слова раньше не знал, нашёл в одной из дедовских повестей, он пояснил, я поискал варианты перевода на английский: rubbers или galoshes (второе явно заимствовано из языка еврейских местечек идиша).

Галоши в полладони дед носил в годовалом возрасте.

В мешочке лежало ещё кое-что, я вывалил содержимое на стол и изумился: надо же хранить столько лет! Не поленился, пролистал книгу, в которой упоминались галоши, и нашёл названия предметов мешочка — дед списал с натуры. Мне оставалось проверить точность: да, всё верно в повести перечислено — роддомовский номерок, вешавшийся на ручку младенца, в данном случае, деда, чтобы не перепутать, распашонки и штанишки, ставшие ветошью, якорь от матроски, игрушечный пистолет с пистонами, малюсенький перламутровый ножичек, калейдоскоп с разноцветными стёклышками, засохшие краски, набор чертёжных инструментов — так называемая готовальня...

Я перебирал странные, пережившие деда вещи, и в носу защипало. Они имели значение только для одного человека, но теперь обретали смысл для меня, его внука.

Подошла пора черно-белых фотографий. На первой извлечённой из чемоданного нутра — дед лет четырёх в новых сапожках, светлые локоны увивают голову, пальцы сжимают деньги, физиономия кислая, он стоит на стуле и пялится в аппарат. Я знаю историю снимка: дед ни за что не хотел фотографироваться, устроил рёв, утихомирился, лишь когда в руки ему сунули несколько рублей...

Я видел юного голенастого деда за рулём велика и с детской городошной битой, гоняющего мяч и вышагивающего на ходулях (stilts). А вот он с отцом: Иосифу Давидовичу повезло — уйдя в 45 лет в ополчение, уцелел под Москвой, тринадцать осколков впились в левую руку, чудом не задев нерв, и после госпиталя он вернулся домой. Крупный мужчина с голым ядровидным черепом держит на коленях Даника, на сей раз счастливо улыбающегося. А вот Даник с мамой: у деда в кабинете висел её портрет — юная красавица из местечка, и спустя немало лет не утратившая следов былой красоты. Похожа не на еврейку, а скорее на молдаванку. Обнимает за худые плечи сына в матросском костюмчике.

Благодаря деду я узнал её тайну. Открылась ему уже после смерти матери. Не постеснялся поведать тайну в семейной саге, посчитав, что любовь, пускай запретная, идущая вразрез с общепринятой моралью, не может осуждаться. Недаром в «Разрозненных мыслях» я наткнулся на такое изречение: «На бумаге кодекс морали выглядит довольно ясно и стройно. Но тот же документ, записанный на скрижалях сердца, представляет собой жалкие осколки». Выяснил — цитата из Юнга, дед поклонялся ему, о чём часто говорил.

Тайна моей прабабушки заключалась в следующем. В 17 лет влюбилась, бросила отца, мать, презрела стыд и удрала с парнем. И всё равно было, еврей или не еврей... Парень был украинец, как презрительно говорили — хохол, жил в деревне неподалёку. Дора с ним счастья не обрела — лупил её, заставлял в поле работать. По слухам, родила мёртвого ребёнка. Такая история... Вернулась в местечко с той ещё репутацией. Но Даниного отца не остановило — женился и никогда не напоминал Доре о её грехе. Да и грех ли...

Кипы неразложенных, не рассортированных по порядку снимков впускали меня во взрослую жизнь деда. Женитьба на Тане, рождение сына, названного Семёном в память погибшего в одесском гетто младшего брата отца, поездки по стране и за границу (удивительно, деда выпускали — видимо, работа в партийной газете делала его вполне лояльным и проверенным). Групповые снимки с друзьями, я никого из них не знал, за исключением дяди Генриха. По словам деда, среди близких друзей не было ни одного литератора — он не питал иллюзий относительно собратьев по перу и избегал доверительного общения, а если нет доверия, то какая это дружба...

За российскими черно-белыми фото шли цветные американские, в том числе снятые полароидом. Тут разобраться проще: сугубо семейные перемежались с картинами путешествий, многие лица были знакомы.

Часть снимков содержалась в относительном порядке, разложена по конвертам с указанием, где и когда делались, кто изображён. Несколько конвертов посвящались особе без указания имени — просто Н. Молодая красивая женщина позировала одна и рядом с дедом, обнималась с ним, тоже сравнительно молодым и красивым, с ещё не прореженной шевелюрой и без намёка на живот. К нему покуда не относились строчки любимого поэта: «Я утром седину висков заметил и складок безусловность возле рта...»

В один из цветных конвертов с Н. затесался черно-белый снимок, поразивший меня.

«...Двое на берегу, близ эстакады, метров на пятьдесят вдающейся в море, он в плавках, Она в ситцевой юбке и распахнутой блузке с короткими, чуть ниже плеч, рукавами; он обнимает её за талию, чуть склоняет голову, чтобы Ей удобнее было целовать. Она, замерев, в томлении прикасается к его щеке губами, глаза закрыты в истоме, как бы тянется к нему, он как бы милостиво подставляет щёку, из них двоих на снимке счастливее Она; шуршит волна, пахнет йодом и лёгкой прогоклостью, в воздухе разлит покой, всё прекрасно, любовь существует, она в них, они напоены ею...»

Дед описал эту сцену в исповедальном романе, я хорошо запомнил и был донельзя обрадован, обнаружив фото — вещественное доказательство, что дед не придумал, так и было на самом деле. И ещё поразило, что он называет главную героиню просто Она, да ещё пишет с заглавной буквы.

Повторю, дед, как мне кажется, не имел бы ничего против, что в его скрытое от посторонних существование самолично вторгся заинтересованный наблюдатель в облике внука; кому ещё он мог довериться, кто ещё испытывал желание копаться во всём этом? В том-то и суть, что никто. Семён, мой отец, сильно занят. Никого, по большому счёту, мой дед уже не интересовал. Никого, кроме меня. Так, во всяком случае, мне представлялось.

Порой наши с ним задушевные беседы не касались конкретики, приобретали некое философское звучание.

— Вся жизнь уходит на то, чтобы научиться жить, — както обронил. — Я так и не научился... Считал невозможным — свершилось, считал — не упаду и упал, не ошибусь — и ошибся.

Я удивился — дед довольно редко высказывался столь категорично. Звучало грустно и самоуничижением.

— Что значит *научиться жить*? Не делать ошибок, всегда выбирать правильные пути?

— Так не бывает. Жизнь — череда сплошных ошибок и попыток исправить упущенное. Мудрый еврей сказал: «Каждый человек рождается богатым или бедным, старшим или младшим». Михоэлс его звали. Тебе знакомо имя? Нет? Гениальный артист, режиссёр, общественный деятель. По приказу Сталина его убили под Минском в 48-м, 12 января. Я не верю в магию цифр, но 12 и 13 января — страшные даты для евреев, поверь. 13-го в главных советских газетах опубликовали редакционную статью «Арест группы врачей-убийц». Кремлёвские врачи, в основном евреи, обвинялись в заговоре против руководства страны с целью умерщвления. Массовые погромы готовились с последующим выселением евреев в Сибирь и на Дальний Восток. Треть людей наверняка погибла бы в дороге. Бог вовремя прибрал вождя, евреи спаслись… Ну, и, наконец, 12 августа 52-го расстреляли 13 членов еврейского антифашистского комитета…

Услышанное было мне лишь отчасти знакомо, без проникновения в детали.

— Давай вернёмся к формуле артиста, — попросил я. — Ты сам кем родился?

— Бедным и старшим. Имею в виду следующее: у человека в кармане пусто, а он ведёт себя как Крез, занимает, тратит, не боится будущего, что нечем долги отдавать будет. Другой при деньгах, жмётся, экономит на всём, боится тратить. Первый, по Михоэлсу, — богатый, второй — бедный. Один человек помогает близким, друзьям, тянет семейный воз, самолично принимает ответственные решения — это старший. Другой же привык быть ведомым, следовать за кем-то, зависеть от кого-то — это младший.

— Дед, ты и впрямь бедный. Вон даже квартиру не купил в Нью-Йорке.

— Не купил, ибо не желал обзаводиться собственностью. Скорее всего, неправ, однако так случилось. А деньги? На жизнь хватает, небольшие сбережения имеются, могу позволить пригласить внука в ресторан и потратить пару сотен баксов. Был период, ещё в России, когда огромные суммы зарабатывал, при Горбачёве из стола доставал ненапечатанные рукописи, на которых прежде цензура крест поставила. Платили бешено, спрос тогда на литературу был сумасшедший.

Но принципам не изменял — по-прежнему тратил немного, не получал удовлетворения от банковского счёта пухнувшего.

— Я в тебя пошёл. Тоже бедный. Экономлю, в барах много не трачу. И младший. Родители мою учёбу в Гарварде напряглись и оплатили. И ты, знаю, поучаствовал.

— На твоём дне рождения, исполнилось одиннадцать или двенадцать, не помню, кто-то из гостей спросил: «Кирилл, кем хочешь стать?» И ты ответил: «Богатым». Все посмеялись, а я подумал: «Не дай бог, такое желание станет в жизни внука доминирующим... Кажется, этого не происходит. А уважение к деньгам — нормально».

Дед перелистывал воспоминания, как страницы огромной незаконченной книги. Я знал его слабость — обожал рассказывать про детские годы Семёна. Смешные байки в его исполнении повторялись и не теряли свежести. Я сознательно выводил деда на стезю воспоминаний — хотел сделать приятное. Вот и на сей раз в ответ на просьбу рассказать о сыне он растёкся нежной улыбкой.

— Первые ночи после появления нового обитателя нашей комнатухи не мог спать: Сеня сопел, пыхтел, похрюкивал, я то и дело вскакивал и наклонялся над кроваткой — мне казалось, он задыхается. Спустя пять или шесть месяцев, доведённый до ручки его ночным плачем, уступил ему место в кровати рядом с Таней, а сам, одурев от бессонницы, зачем-то забрался в его манеж, подломившийся подо мной, пришлось потом чинить... Однажды в свой обеденный перерыв катал коляску с сыном, благо жили мы тогда рядом с редакцией, присел на лавочку на бульваре и нечаянно заснул — обнаружила меня Таня, обеспокоенная долгим отсутствием... Самая знаменитая история — когда повёз Сеню показывать академику Студеникину... — дед как заправский актёр готовился сыграть кульминационную мизансцену.

— Было тогда сыну годика четыре с половиной, ходил он в хороший по тогдашним меркам сад, и тем не менее в ту зиму прихварывал, маленькая температура держалась больше месяца, никто не мог понять, что происходит. Таня пилила меня и требовала организовать консультацию у какого-нибудь врачебного светила. Я и сам понимал надобность этого и в одно прекрасное утро повёз Сеню через всю Москву из Нагатина, где мы тогда жили в кооперативной квартире-«распашонке», на Ломоносовский проспект, в знаменитый институт педиатрии.

Неожиданности уже в метро начались. Сидевшая напротив немолодая дама расчувствовалась при виде ребёнка в чёрной кроличьей шубке и белом пуховом капоре, озиравшегося по сторонам глазищами-сливами, ещё более выразительными на светлом фоне, отложила внимательно изучаемый номер газеты и преувеличенно-ласково, сюсюкающе, чуть ли не пропела: «Ах, какая замечательная девочка!.. И куда же девочка едет с папой?» Сеня отреагировал мгновенно: «Я не девочка, я мальчик, у меня писька есть». Сказано было громко и недовольно: неужели тётя могла перепутать?

Народ хохотнул, дама запунцовела и демонстративно уткнулась в газету. Я попросил сына говорить тише, но не тут-то было. Любознательный мальчик решил уточнить, к кому, собственно, его сегодня везут.

— А как зовут этого академика, к которому мы едем, я забыл... — вещал он на весь вагон. Публика отложила чтиво и настроилась на весёлое представление.

— Прошу тебя, говори тише, — снова завёл я свою шарманку, наклонившись к Сениному уху, скрытому капором. — Зовут этого дядю Студеникин, — произнёс полушёпотом.

— Как, как?

Я повторил и для вящей убедительности попытался помочь сыну запомнить мудрёное для него имя.

— Что бабушка иногда готовит и что ты любишь есть? Студень. Какой белый генерал воевал с красными? Деникин. Вот и запоминай: студень и Деникин, Студеникин...

Сын несколько секунд переваривал услышанное. Любопытство его однако не было удовлетворено.

— А сколько лет этому академику? — спросил он. Я не почувствовал подвоха.

— Наверное, он старенький. Все академики старенькие.

— А академик Сахаров в двадцать девять лет?! — ввинтил Сеня на весь вагон.

Сидевшие рядом потупляли взор и делали конвульсьивные движения ртами в попытке подавить смех. Имя Сахарова произносить в ту пору было уже небезопасно. Я же получил ещё один урок воспитания: всё, о чём открыто говорится дома, не проходит мимо сына. Впрочем, наука впрок не пошла. Иначе бы на первом уроке в школе он не выдал бы такое, отчего классная руководительница потеряла дар речи. На вопрос, кого из писателей он знает, сын бойко отрапортовал:

— Пушкина, Солженицына и ... (прозвучала моя фамилия).

В отношении меня он явно предвосхитил события — к тому моменту у меня вышли лишь две книжки, причисление же к великим оставим на его детской незамутнённой совести — он вовсе не обременял свою голову подобными раздумьями. Упоминание же опального Александра Исаевича оказалось особенно рискованным — несколькими месяцами раньше его выслали из страны.

Помню, как в Малаховке читал семилетнему сыну булгаковского «Мастера» — «сеанс чёрной магии». Мы полулежали на одеяле в центре поросшего соснами травянистого участка, рядом не было ни души, Таня почему-то не приехала, соседи по редакционной даче задержались в Москве, я читал о фокусах Воланда и его бедовых подручных, Сеня заливался смехом, мало что понимая — так, во всяком случае, думалось, особенно забавляло его, как оторвали и надели голову Бенгальскому и как Фагот с Бегемотом открыли дамский магазин и что из этой затеи вышло. Мы вместе распевали разудалый куплет про его превосходительство, любившего домашних птиц и бравшего под покровительство хорошеньких девиц. «Мастера и Маргариту» Сеня прочтёт самостоятельно в тринадцать лет, и книга станет его настольной.

В другой раз, ужиная с дедом в маленьком уютном французском ресторанчике напротив дома на West 50 street, где я снимал студию, вновь коснулся его биографии.

— Какие годы у тебя были лучшими и какие худшими? — спросил я.

Дед отложил вилку с нанизанным кусочком утки, вытер салфеткой губы, сощурился. К вопросу отнёсся более чем серьёзно.

— Не люблю вспоминать молодость. В двадцать ушёл из дома, обосновался в Москве, шесть лет, вплоть до женитьбы, снимал сырые полуподвалы, нормальное жильё не по карману. Менял работы, кем только не был, пока не оказался в газете... Рабочим-геодезистом — поморозил пальцы рук, охранником на Центральном телеграфе, сутки вахта, трое свободных, разгружал вагоны... Молодостью не насладился, как многие. Зато дух закалил. Впрочем... — откинул голову и изобразил подобие улыбки. — Впрочем... свобода, безграничная, без обязательств, новые университетские друзья, девчонки... Полуподвал на улице Мархлевского, в двух шагах от Лубянки гребаной, с нежным чувством вспоминаю. Пропах полуподвал кислым — хозяин самогон варил, угощал первачом участкового мента, гарантируя себе безопасность. И нам с друзьями перепадало... Можешь себе представить: спал я на матрасе, сеном набитом. Ключ от входной двери друзья имели. Пока я на работе присутствовал, хату посещали парочки влюблённые. Я возвращался, брал веник и выметал из-под кровати сенную труху. По количеству её мог достаточно точно установить, сколько раз моей койкой безотказной пользовались.

Дед сделал глоток вина, взгляд приобрёл мечтательное выражение.

— Вечерами учился в университете, готовился к карьере журналиста, трижды в неделю приходил в старинное здание на Моховой улице — старинные фонари, чугунная ограда литая, прячущиеся в листве деревьев памятники Герцену и Огарёву. Ты этих имён, увы, не знаешь... Как эти годы оценить? Не повернётся язык осудить. Огромный цветник дорожка обрамляла, её психодромом прозвали, мы прогуливались, обсуждали проблемы мироздания и сугубо насущные дела: скажем, в какое издание требуются внештатники, куда пристроиться для прохождения практики, понимали, что журналистами станут единицы и каждый считал — будет именно он; спорили по поводу «Ивана Денисовича» — ты читал на английском и русском; несмотря на запрет, играли в футбол теннисным мячиком на асфальтированном пятачке между клумбами и каменной аркой; денег ни у кого не было, кормились в столовке под аркой: за тридцать копеек подавали постные щи из подгнившей капусты, биточки без намёка на присутствие мяса, с водянистым пюре, и чай со спитой заваркой; ты бы, дружок, от такой пищи концы отдал, а мы выдерживали — дед твой при росте 186 сантиметров весил 60 килограммов, кожа и кости. Отъелся после женитьбы благодаря стараниям тёщи, великой кулинарки... Да... Что ещё помнится... В те годы закладывалась дружба, отношения с девушками, их *чувихами* называли, запомни слово, тусовки в квартирах под катушечные магнитофоны с песнями Окуджавы — тебе нравятся, слушаешь иногда. Наступила *оттепель*. И споры, споры, до бесконечности — о развенчании культа личности Сталина, о страшном 37-м, о котором знали по рассказам родителей. Отец о многом мне поведал: как сидел почти год, как следователь пришил ему шпионаж в пользу трёх разведок — румынской сигуранцы, польской дефензивы и третьей, чьё название не смог придумать, а потом следователя арестовали и прислали другого, потом и этого... и появился третий, а отец всё сидел по обвинению в шпионаже. И чудом вышел — ты читал об этом в моей саге.

— С этим понятно, — подытожил я долгий прочувствованный монолог деда, хотя далеко не всё было мне очевидно. — Скажи, так ли уж важна была для тебя *оттепель?* (Русское слово, по английски звучащее как thaw, и таящаяся в нём суть дошли до меня после разъяснения деда). В конце концов, не всё ли равно, кто у власти в коммунистическом государстве? Тиран сгинул, на его костях дорвались до власти сподвижники, в угоду поменявшейся обстановке выпустили пар из котла, не весь, чуть-чуть, вернули домой уцелевших узников ГУЛАГа, дали команду напечатать Солженицына. А дальше — *было раньше* — ты любишь говорить. Или сейчас пишут, ссылаясь на авторство деятеля с кошмарной русской фамилией «Чёрная морда»: «Хотели как лучше, а вышло как всегда».

— Следовало жить в ту пору, влезть в шкуру людей, тех же зэков. Тогдашние двадцатилетние и постарше были совсем другими. Тебе, Кирюша, недоступно поставить себя на наше место. Наивны мы были, восторженны, иллюзиям подвержены, многого не знали, лишь догадывались, спорили до умопомрачения, гуляя по психодрому: если бы Ленин прожил дольше, возник бы ГУЛАГ? В один голос: нет, не возник. Смешно нашу дурость вспоминать. Не одни мы, молодые и зеленые, такими были — народ всколыхнулся, интеллигенция, шестидесятники, поверили в перемены. Пшиком обернулось. Не могла страна поменяться. Тогда такие стихи ходили:

Всё хорошо, всё хорошо.
Из мавзолея Сталин изгнан,
Показан людям Пикассо,
И Пастернак вторично издан.
Разрешено цветам цвести,
Запрещено ругаться матом...
Всё это может привести
К таким плачевным результатам.

Оттепель... Эренбург придумал, с его лёгкой руки слово пошло гулять Был такой борец за мир, сталинский ставленник. Из Франции не вылезал. Ему многое позволялось, несмотря на еврейство. Писатель, между прочим, хороший и поэт. Оттепель — это когда мороз ослабевает, в январе с крыш капель, но потом всё одно стужа возьмёт своё. Так и вышло в 60-е: дали маленько воли — и снова в казармы. Похожее при Горбачёве и отчасти при Ельцине происходило — и продолжилось с тем же, нет, с худшим итогом. Пришёл *воблоглазый* со всеми вытекающими...

Я знал, кого дед окрестил воблоглазым.

— Ну, а лучшие твои годы? — не унимался я.

— Тут очевидно, — прозвучало без промедления. — Горбачевский период, рукописи из стола — и выход в свет книг большими тиражами. Лучших моих книг. Кирюша, поверь, впервые исчез страх. Утробный, угнездившийся в подкорке, липучий и мерзкий, мышиный писк издававший. В последние пять-шесть лет до эмиграции я по-настоящему раскрепостился. Ты должен почувствовать в книгах.

— В Америке тебе не надо никого и ничего бояться.

— Здесь по-другому Да, личного страха нет. Я никому не нужен, не опасен, никто меня не учит родину любить. Я свободен высказываться на любые темы, только если не занимаю постов, не преподаю. Здесь иные заморочки, условности. Оглянись вокруг: ненависть к Трампу и оголтелая его поддержка, бесконечные свары демократов и республиканцев, а что происходит в университетах и чему учат студентов профессора-леваки... Ты лучше меня знаешь, — отчуждённо и даже слегка раздражённо, будто я затронул струну, которой не стоит касаться, дабы не издать фальшивый звук.

Дед продолжал:

— Выше ли то, к чему ты стремишься, чем то, с чем ты борешься? Поклонница подарила на день рождения чернильный прибор с этой фразой, гравировкой по корпусу пущенной. Уверяла — Ницше. Искал, перерыл всего — и не обнаружил. Интернет не подсказал, кто, могучая Сеть запрос проигнорировала. Странно… А мысль глубокая. Каждый на себя примерить может. — И далее раздумчиво: — Полагаю, каждому отпущено ровно столько, сколько может совершить в жизни. Один штангист двести кило может поднять, а двести пятьдесят — никогда. Тужься, пыжься, тренируйся до упаду сил — никогда. А другой и двести пятьдесят поднимает, и больше. Важно до конца даденное при рождении использовать. Весь потенциал. Многие люди обычно не добирают. Я выполнил, что обязан был, сполна, хорошо ли, плохо ли — судить другим. И при недовольстве собой, чувство это присуще любому нормальному индивидууму, тем более творческому — поднял свой вес, столько, сколько отмерено природой, не меньше, но, увы, и не больше.

6

Я зарылся в бумагах архива — как на переводных картинках, проступали новые и новые линии, контуры, краски, открывшееся невольно накладывалось на прочитанное в трёх с лишним десятках книг деда, я ощущал себя дотошным изучателем жизни, обнародованной далеко не полностью, скрывавшей секреты.

Я думал над тем, что писательское воображение на примере деда не возникло на голом месте, таинственным, дерзким образом, а вытекало из пережитого, перечувствованного им, в соприкосновении с самыми разными людьми и событиями — иными словами, реалиями. Мысль, конечно, не больно оригинальная, знатоки литературы улыбнутся, скорчат мину, но я не претендую на роль знатока, отнюдь.

Вывод мой нисколько не преуменьшал игру фантазии, выдумки — взять хотя бы повесть о сталинском охраннике как стремление понять, существует ли закон сохранения вины, или роман о попытке излечения зомбированного населения «таблетками правды», однако писатель Диков многое черпал из будничного, не стеснялся в тексты вводить всамделишные факты, персонажи, лишь имена меняя. Мне понравились строчки из аннотации к самой откровенной, интимной книге деда: «Роман автобиографичен в той степени, в какой может быть автобиографично художественное произведение».

Содержимое чемоданов помогало прочертить путь от действительности к фантазии и обратно. Изучение Дневника приоткрывало завесу над многими непредвиденными обстоятельствами. Финансовый аналитик, я незаметно овладевал совершенно новым пониманием и знанием, вторгаясь в сферы, о которых ещё вчера не имел представления. Многое предстояло разгадывать, как шифр, домысливать, строить смелые и рискованные предположения, игра ума доставляла удовольствие, возбуждала, так, наверное, действует наркотик, ни разу мной не употреблённый.

В «Разрозненных мыслях» обнаружилась пара заинтересовавших меня страничек о некоей киевлянке Ляле. В общую тетрадь была вложена почтовая открытка — деда поздравляли с днём рождения. Значился обратный адрес: Украинская ССР, г. Киев, улица… дом… квартира… Броварская Людмила Андреевна. Нетрудно было догадаться — та самая Ляля.

Дед писал о своей любви, не стесняясь эпитетов. Раз в два месяца, не реже, киевская знакомая приезжала поездом в командировку в Москву (она работала редактором Киевской киностудии), дед встречал на перроне с цветами, отвозил в заказанный гостиничный номер, и неделю, а то и больше, они проводили вместе: посещали творческие дома, театры, рестораны, занимались сексом. О сексе дед пишет предельно откровенно, не вежливо-бесстрастно, а игриво-возбуждённо, без утайки (для себя же, не для чужих глаз). Видно, была Ляля по этой части искусной мастерицей.

Записки содержат укор деда в собственный адрес: как могло случиться, что лишь единожды побывал у Ляли в Киеве, в её доме на Червоной площади? И то проездом, всего на день вырвался. Как жаль, сетует. Правда, тут же поясняет: встреча с её любовником не сулила ничего хорошего. Любовники были — она не строила из себя святую. Греховность придавала их отношениям особую остроту, замечает дед. Один любовник увязался за ней в Москву и пытался с улицы подглядывать в окна гостиницы «Днепр», где дед снял Ляле номер за неимением лучшего (обычно она селилась в «России», «Москве», «Минске»).

Конец записей грустный: они поссорились. Ляля старше деда на три года, после сорока начала полнеть, её это угнетало, нервничала, обвиняла деда, что он охладел к ней, что, по его словам, было неправдой. Заявила, что выходит замуж. Потом пропала. Неоднократно звонил в Киев — никто не отвечал. В командировки она не приезжала — или не ставила его в известность.

Я силился вспомнить — где-то у деда читал о Ляле, не завуалированной, названной своим именем. Наверное, в интимном романе с главной героиней, названной Она, где же ещё… И точно, всё было рассказано в подробностях. Включая печальный финал, о котором дед узнал уже в Америке, лет пятнадцать спустя.

Я пытался представить себе дедову пассию. В романе дан её портрет: невысокая, *окатистая*, чернильного отлива волосы, сиреневые туманные глаза, трепетные крылья носа… Я приобрёл новое для себя слово — окатистая. Произносил вслух — и видел её всю, «от гребёнок до ног». В моём восприятии она была Ларой из «Доктора Живаго», такой, какой её сыграла Джули Кристи в посредственном фильме с умопомрачительным вальсом.

Я вертел почтовую открытку сорокалетней давности, и как червь в яблоко, в голову незаметно заползала дерзкая идея — написать дочери Ляли. Дед упоминает о ней, она, подросток, присутствовала на единственной встрече в Киеве; может, что-то вспомнит. В самом деле, отчего не написать? Что здесь неловкого? Так, мол, и так: обращается к вам внук писателя Даниила Дикова, близко знакомого с вашей мамой, я интересуюсь жизнью покойного деда, ну, и так далее. Вот только адрес… Проверил в интернете — Червоной (Красной) площади на Подоле давно нет, с 1990-го носит старое название — Контрактовая. Номера дома и квартиры могли не измениться. Попробую, и засел составлять письмо. На конверте пометил: «Господам Броварским», так как не знал имени Лялиной дочери. Впрочем, и в фамилии был не уверен — наверняка вышла замуж и могла поменять. Отправил срочной почтой через отделение UPS в Манхэттене и стал ожидать ответа, признаться, без особой надежды.

Ответ пришёл через три недели. Отправителем значилась Марина Броварская. Значит, не сменила ни адрес, ни фамилию.

«Уважаемый господин Кирилл Диков! Я была изумлена получением вашего письма. Соболезную утрате дорогого вам человека. Я помню вашего дедушку, его приезд к нам, обед, устроенный мамой в его честь. Мама готовилась выйти замуж, однако это обстоятельство не помешало принять гостя с теплом и радушием. Мама рассказывала мне и моей бабушке о Данииле Иосифовиче, Данике, как ласково звала его. Мама любила вашего дедушку, и он, думаю, тоже её любил, но о том, чтобы бросить семью и сойтись с мамой, речь не шла. Слишком всё сложно было. После обеда мама и ваш дедушка уединились на пару часов. Я, соплюшка, уже многое понимала... Я и бабушка потом осудили маму, но, повзрослев, поняла — любовь не знает моральных табу. Жаль, что Даниил Иосифович так мало у нас погостил. Мама после его отъезда плакала...

Теперь — о самом страшном. Через некоторое время мама почувствовала себя плохо: затруднённое прохождение твёрдой пищи, боль в животе, приступы тошноты, начала желтеть лицом. Мой папа был известным в Киеве хирургом, мама давно с ним в разводе, но отношения сохранились. Папа поднял лучшие медицинские силы, маму уложили в больницу, лечение мало помогало. Рак поджелудочной железы, запущенный, неоперабельный. Химия и радиация не принесли облегчения. В ход пошёл морфий, чтобы снять боли. И в этот момент маме пришла в голову сумасшедшая идея попрощаться с вашим дедушкой в Москве. Сил у неё не было, но она настойчиво требовала купить билет на поезд. Прямо извела меня. На уговоры выбросить идею не поддавалась. В конце концов я сдалась.

Маму выписали из больницы. Позвонила вашему дедушке, сообщила дату и время приезда, о болезни ни слова. Я была уверена, что ничего не получится, но мама всерьёз готовилась. Привела себя в порядок: маникюр, педикюр, причёска, попросила собрать вещи в дорогу. Какой силой воли надо обладать!

И вот настал тот самый день. Купе СВ ночного поезда мы выкупили полностью, мама должна была ехать одна. Днём она почувствовала резкий упадок сил, мы снова отвезли её в больницу... Поездка не состоялась.

Днём следующего дня она попросила меня помочь принять душ, переоделась в чистое белое, легла в постель, ей вкололи убойную дозу морфия, и она тихо уснула. Пишу и рыдаю...

Вашему дедушке о её смерти мы не сообщили. Не знаю, почему. Хорошо, что он, пусть и с большим опозданием, узнал об этом. Вы спрашиваете, читала ли я его книгу, в которой он пишет о маме. Нет, не читала, и никто не сказал о выходе романа в Москве в 2007 году. Поищу в книжных магазинах и обязательно куплю.

Кратко о себе. Я замужем, муж Анатолий — медик, как и мой отец, который совсем состарился, ему под 90. У нас растёт дочь Оксана, выпускница Киевского медицинского университета, будущий кардиолог. Семейная профессия! Хорошо знает английский. Живём мы, как вы поняли, в той же квартире на Подоле.

Ну, вот и всё. Всегда рада помочь. Если что ещё вспомню, напишу. Приезжайте к нам в Киев. Мой мобильный телефон... Имэйл...

Всего наилучшего! Марина Броварская».

Я поблагодарил за ответ. Интересно, как она отреагирует на детальное описание орального секса, когда прочтёт роман? Может оскорбиться, посчитать бесстыдством автора. А Оксана? Моих сверстников, а она чуть моложе меня, в общем, одного возраста, этим не удивишь нисколько — многие девушки в старших классах и уж точно в колледжах попробовали острый и безопасный способ доставления плотского удовольствия партнёрам. Мои непостоянные подруги с охотой совершают подобное и не морщатся. Как будет — так будет.

Ещё в школе преподавательница литературы, видя мою страсть к чтению, посоветовала осилить сто произведений классиков, американских и переведённых на английский. «Ты станешь на голову выше других, чем бы они потом не занимались. Книги читают единицы», — поощрила меня. Чтение вошло в повседневную привычку. Русских писателей в списке оказалось трое: Толстой с «Анной Карениной», «Доктор Живаго» Пастернака и «Собачье сердце» Булгакова. Ни Достоевского, ни Чехова... Теперь я понимаю, сколь куцым оказался русский список, а тогда читал то, что было рекомендовано. Зато американцы составили основу. Сэлинджер, Фитцджеральд, Фолкнер были прочитаны в первую очередь, открытием стали Апдайк и Филип Рот, а также Генри Миллер. Их произведения носили сексуальный уклон, особенно «Супружеские пары» Апдайка. В 15–16 лет знакомиться с полутора десятками эпитетов вагины в послании Пайта сокровенному местечку своей подруги было будоражащим и отнюдь не пошло-игривым. Я выписал характерную цитату: «Рот — придворный мозга. Гениталии совокупляются где-то внизу, это третье сословие, когда же за дело берётся рот, это означает слияние тела и сознания. Поедание партнёра — священнодействие».

У Апдайка мне нравились не только постельные сцены, но и угловатые мысли и откровения. Например, такое: «Иногда старики становятся отпетыми мерзавцами: ведь им нечего терять. Только младенцы и старые мерзавцы могут быть самими собой». Младенчество я благополучно пережил, в старика превращусь нескоро, тогда и оценю правоту Апдайка.

С романом деда на русском я тогда не познакомился, ибо не знал языка оригинала, а когда прочитал, изумился авторской смелости подачи сексуальных сцен. Сравнил с аналогичными описаниями у Миллера и других мастеров и отметил — у деда ничуть не хуже.

«…Она приподнялась и нависла надо мной, плавным жестом приказав расслабиться и лежать, не двигаясь. Я повиновался. Она медленно начала прикасаться ко мне короткими, отрывистыми поцелуями, собственно, это были не поцелуи, а нежные прикосновения кончиком языка; она шла от лба, носа, щёк, губ ниже, к груди, нагрубшим соскам, животу с выемкой пупка, где задержала язык чуть дольше, растительности лобка; обогнула высившееся над кустарником подобно корабельной сосне, соскользнула в кущи меж двух шаров у основания дерева, но не пошла увлажнять их, двинулась дальше, сосредоточив внимание на коленных чашечках, лодыжках и, наконец, ступнях. Ляля поочерёдно обсасывала, как леденец, каждый пальчик, щекотала языком промежности между ними, подошвы ступней, я взвивался, она плавно укладывала меня и продолжала священнодействовать.

Потом приказала перевернуться. Теперь шла в обратном направлении, от пяток и выемок под коленями к ягодицам. Началась сладкая пытка. Жало языка воспаляло эрогенную зону, я стонал, скрипел зубами, словно объект мазохистского истязания, по-змеиному извивался на простыне. О нет, мазохизм не присутствовал — Ляля демонстрировала высшую степень растворенности в теле мужчины, который ей несомненно нравился. Она прошла поцелуями-ожогами по позвоночному столбу, понежила складку между шеей и затылком и завершила путешествие на темени.

Она сама легко перевернула меня. Фаллическая ракета готова была вот-вот улететь в пространство, стоило только включить зажигание. Она дёрнулась, задрожала, забилась в пароксизме неистового, всепоглощающего желания — и огнедышащая струя, обдав волной сладчайшей боли, стремительно вырвалась из головки ракеты. Чёрный космос с одинаково сияющими звёздами стремительно, как в стереокино, наплыл, и я утонул в нём, потеряв сознание...»

Так дед воздвиг литературный памятник языку и губам Ляли.

Переписка с Мариной не продолжилась. Писать нам друг другу, в общем, было нечего. И тут неожиданно проявилась Оксана. Прислала имэйл на английском с фоткой — девчушка что надо, высокая, ладная, «чёрные брови, карие очи», как в песне поётся (её иногда любил напевать на украинском дед, обладавший приятным голосом), разметавшиеся по плечам пшеничные пряди и главное в облике, заставившее вздрогнуть — молящий, беззащитный взгляд: прими меня, какая я есть, защити, оборони. На меня такой взгляд действует безотказно, его, по-моему, нельзя сымитировать, он либо есть, либо нет.

Про прочитанный роман (подтвердила, что Марина купила книгу в интернет-магазине) ни словом, ни намёком. Ну и хорошо.

«Hello, Kirill! I am aware of your letter to my mother. I plucked up the courage and wrote to you. It doesn't oblige you to anything — if you don't want to, don't answer, I won't be offended. It's very touching when grandchildren want to learn more about their grandparents. No wonder they say: «What children want to forget, grandchildren want to remember.» You're doing great! I didn't find my grandmother alive, my grandfather hadn't lived with her for a long time, I hardly know him... Two words about myself. I continue the family tradition, I became a doctor. I graduated from a medical university, it is private, that is, paid, there are places for free education. I was assigned to one of the city's hospitals. If you want to answer, write a little about yourself, what you do, where you work, whether you are happy with life in New York. Oksana»[1].

Я решил ответить. Беззащитный девичий взор на фотке зацепил. Американки так не смотрят. Писать по-английски? Возникло желание изъясняться на русском. Заодно поупражняюсь в грамматике, правила легко забываются.

«Привет, Оксана! Рад твоему сообщению. Мы ровесники, нам будет о чём поговорить, общие темы найдутся. Ты права: внуки должны знать свои корни, ничто не может исчезнуть бесследно, и, прежде всего, семейные истории. Ты просишь рассказать о себе. Рассказывать особо нечего. Закончил Гарвард, финансовый консультант. Спортсмен, как мой отец, фехтую на сабле, кандидат в юниорскую сборную США, но всё это в прошлом. Сейчас времени хватает на одну тренировку в неделю в фехтовальном клубе — это для себя, чтобы форму поддерживать. И немного играю в теннис.

Первая моя работа в Манхэттене оказалась ужасной. Маленькая компания, во главе индус — немного чок-

____

[1] «Здравствуй, Кирилл! Я в курсе твоего письма моей маме. Набралась смелости и написала тебе. Это ни к чему тебя не обязывает — не захочешь, не отвечай, не обижусь. Очень трогательно, когда внуки хотят побольше узнать о своих дедушках и бабушках. Недаром говорится: «То, что дети хотят забыть, внуки хотят вспомнить». Ты — молодец! Я не застала бабушку живой, мой дедушка давно не жил с ней, я его почти не знаю... Два слова о себе. Продолжаю семейную традицию, стала врачом. Закончила медицинский университет, он частный, то есть платный, есть места для бесплатного обучения. Получила назначение в одну из больниц города. Если захочешь ответить, напиши немного о себе, чем занимаешься, где работаешь, доволен ли жизнью в Нью-Йорке. Оксана».

нутый. Живёт один, детей нет, жена в Индии — днями и ночами пропадал на работе и нас заставлял трудиться сверхурочно. В неделю я был занят в офисе более ста часов, включая выходные. Представляешь?! И тут ещё коронавирус...

Я вытерпел год и ушёл. Сейчас нормальная компания, рабочий день не более десяти часов, все выходные свободные. Чем занимаюсь? Большая фирма хочет купить другую, поменьше: моя задача — изучить нюансы и дать заключение, стоит проводить сделку или воздержаться. И наоборот, если хочет продать — стоит ли покупать.

В свободное время встречаюсь с друзьями, смотрю иногда бродвейские мюзиклы, посещаю бары, знакомлюсь с девушками. Герлфренд не имею, никто не нравится. Я не очень переживаю...

Напиши, как проводишь досуг, какую музыку любишь, есть ли у тебя парень. В общем, напиши, что хочешь.

P. S. Мне понравилась твоя фотка. Ты красивая. Пришли ещё снимки и видео. Буду ждать. Кирилл».

Переписка пошла ускоренным темпом, одно сообщение подгоняло другое. Я ловил себя на ощущении, что в мою достаточно устоявшуюся, сравнительно размеренную, спокойную жизнь вошло нечто необычное. Оксана прислала видео: на пляже играет в волейбол, с друзьями на пикнике в Конча-Заспе, в больничной палате с больным. Длинноногая, стремительная, и в лице уже не просящее защиты — твёрдое, независимое. Так какое же подлинное — то, что на первом фото, или на видеокадрах?

О своих поисках в архиве деда я никому не сообщал — покуда касалось только меня и деда и больше никого. Даже с родителями не делился. Открытий, на основе которых я делал определённые выводы, было немного — находил новые созвучия фактов биографии и их переложения в его прозе. Одно подпитывалось другим, отдельно не могло существовать. В Дневнике наткнулся на цитату из неизвестного мне немца Геббеля: «Каждый писатель пишет свою биографию и лучше всего у него получается, если он об этом не догадывается». Дед несомненно догадывался, это однако не умаляло его усилий и, сдаётся, не сказывалось на результате.

А ещё я с грустью и печалью сознавал отчаянное его одиночество. Взвыть можно от тоски, читая дневниковые откровения. Захлёстывала обида: ну почему у него так сложилось, почему не обрёл в Нью-Йорке сочувственную душу… Его и Таню разделяли не только тысячи миль — слишком давно развела их судьба, и ничего не поправить, не изменить. Если верить роману, а я верил! — такой душой могла стать надолго (навсегда) загадочная Она — но не срослось.

Кто-то, не помню, вывел формулу счастья: работа, любовь, общение. Вроде бы триада присутствовала в жизни дорогого мне человека, на поверку же — пустота, глухой звук в глубине бездонного колодца, не отражённый эхом.

Писатель и должен быть одиноким, полагал я, но не до такой же степени… Дед испещрил страницы Дневника фразами, перехватывающими горло: «Одиночество легче, когда не любишь»; «Одиночество укрепляет меня, без него я как без еды и воды. Каждый день без него обессиливает меня. Я не горжусь своим одиночеством, но я завишу от него»; «В одиночестве каждый видит в себе то, что он есть на самом деле»; «Нет одиночества страшнее, чем в толпе»; «Каждое одиночество заканчивается свиданием со смертью…» И так далее…

Последняя по времени запись, за три месяца до кончины деда, когда он ещё соображал: «Каждый умирает в одиночку» и ссылка на автора: «Ганс Фаллада».

Отдельные изобретённые или заимствованные дедом фразы и создавали настрой моего чтения, вселявший уныние и тоску. Я понимал его сокрушённую правоту — быть одиноким значит быть самим собой.

О раздиравших меня чувствах я не мог и не хотел делиться с Оксаной. Для неё, по-видимому, я оставался удачливым, целеустремлённым нью-йоркским яппи, упрямо делающим карьеру. Я был таким — и не таким. Другой Кирилл Диков не нарочно прятался в тумане, помогать искать его выглядело преждевременным. Сама до всего дойдёт, коль захочет.

Меж тем в переписке замаячили интимные моменты. Она поведала о первой любви — к сокурснику. Сообщала без тени смущения, легко и весело, как о давно пережитом. «Химия», chemistry, пришла внезапно, словно июльская гроза, и так же исчезла, оставив ненадолго радугу в небе. «Красивый пустой мальчик, без дна, наскучил. Ты вроде не такой, но я не знаю, какой. Пока не раскусила».

Хорошо бы увидеться, в одном из посланий осторожно, прощупывающе. Потом более откровенно: «Приезжай в Киев, покажу наш замечательный город, побродим по Подолу — ты писал, что любишь Булгакова». Я в ответ пригласил в Нью-Йорк. Представил, как она на месяц или более поселится в моей студии на West 50 street, и чем отчётливее рисовал картины совместного житья, тем острее желал этого.

<h1 style="text-align:center">7</h1>

24 февраля я проспал на работу. Накануне в среду крепко поддал в баре с приятелем и двумя девицами — герлфренд приятеля и её русской подругой. Набухавшись, та без умолку болтала со мной на её родном языке, намереваясь зарулить на ночёвку. В мои планы это не входило: ни кожи, ни рожи (классное русское выражение), плюс вульгарная манера общаться посредством мата, вылетающего из её рта со скоростью автоматной очереди. Впрочем, как стреляет автомат, я не знал. Приятель и его герлфренд не понимали ругательств, зато я прекрасно понимал. Есть люди, из которых мат льётся, как струи фонтана, а есть другие, чьё каждое матерное слово коробит. Худосочная девица относилась во второй категории.

Я давно обратил внимание: выходцы из России разных национальностей или иностранцы, жившие там некоторое время, матерятся исключительно на русском. Неужто русский мат — единственное достояние нации, подарившей миру самые яркие и сильные неприличные слова и обороты? Усваиваются исключительно легко, как слова нравящейся песни. Кроме того, объяснил знакомый армянин из Сан-Диего, произнести на родном наречии «Ёб твою мать» неловко, некрасиво, опасно, а вот на русском — в самый раз.

Короче, я распрощался во втором часу ночи и отправился домой. И, не поставив будильник, на работу проспал. Опоздал на полчаса, босс отсутствовал, замечание сделать было некому. Я уловил непривычную тишину, на меня поглядывали преувеличенно-внимательно, будто в моё отсутствие случилось нечто и я к этому каким-то образом причастен.

Позвонил отец. Я удивился столь раннему звонку — в Калифорнии семь утра.

— Знаешь новость? Война. Русские напали на Украину. Бомбят, ракеты пускают.

Я туго соображал — хмель только начал выходить.

— Какая война? — переспросил и в ответ:

— Самая настоящая. Никто не ожидал, все думали — пугает Путин, по обыкновению шантажирует, собрав кучу войск на границе. А он не пугает…

Коллеги уже знали, оттого и смотрели странно. Для них я, рождённый в Америке, в эти минуты оставался русским.

— Семён (обычно обращался к отцу по имени), перезвоню попозже, — сказал я.

Ошеломление наполняло меня, как жидкость сосуд. Мозг отказывался воспринять новость. Уткнулся в экран монитора, делал вид, что приступил к работе, а сам незаметно искал в мобильнике новости. Да, точно, война, между четырьмя и пятью утра местного времени началась, когда я накачивался пивом в баре и думал, как избавиться от назойливой девицы. Русские обстреляли в Киеве жилой дом на Оболони, телевышку возле Ровно, Яворивский полигон под Львовом и ещё десятки объектов. На сайте BBC крутилась песня на русском: «Двадцать второго июня, ровно в четыре часа, Киев бомбили — нам объявили, что началась война…» Боже мой, это же было восемьдесят лет назад и бомбардировку вели немцы! Сегодня почти то же число, только месяц другой — и уже русские швыряют бомбы и ракеты… Зловеще звучит в эфире BBC второй куплет песни: «Война началась на рассвете, чтобы больше народу убить. Спали родители, спали их дети, когда стали Киев бомбить…»

На ватных, будто чужих ногах поплёлся в угол поделённого на «кубики» помещения, где стоял кофейный агрегат. Наполнил бумажный стаканчик и залпом выпил почему-то холодный кофе. Вернулся в свой «кубик» и, нарушив запрет звонить во время работы по личным делам, набрал по WhatsApp номер Оксаны. Какие запреты, когда под бомбами моя девушка! «Моя девушка…» Так прежде я её не называл. Какая «моя», когда мы ни разу не виделись…

Номер не отвечал. Я оставил message. В Киеве ранний вечер. Почему она молчит?

Через час трелью увертюры к «Севильскому цирюльнику» запел мобильник. Высветился номер Оксаны. Голос её звучал, как метроном, ударяя по ушным раковинам. Где-то читал:

в блокадном Ленинграде радио не работало, в эфире стучал метроном — быстрый темп означал воздушную тревогу, медленный темп — отбой.

— Привет! Ты звонил, я слышала message. Не могла говорить, — скороговоркой. Доносилось её учащённое дыхание. — Ужас! Гады обстреляли Оболонь, северную окраину. Объявлено чрезвычайное положение, комендантский час с десяти вечера до семи утра. Люди записываются в территориальную оборону, получают оружие. Говорят о русских диверсантах — хотели прорваться в центр города. Их обезвредили. Метро открыто на всю ночь как бомбоубежище. Шла с работы по Подолу — словно вымер, никого не видно. Огромный поток машин на трассах в направлении Львова — бегут из Киева. Мы с родителями остаёмся — будем защищать город.

— Может, всё же лучше уехать? — выдавил я.

— Ни в коем случае! Кто раненых лечить будет?

Я не нашёлся, что возразить, тем самым невольно согласился: она — врач, этим всё сказано.

— Я напишу тебе сегодня. Интернет у вас ещё действует?

Пока действует. Давай переписываться каждый день.

Я с трудом доработал до конца дня. Старался без особой надобности не покидать «кубик», сознательно изолировал себя. Никто из коллег не обсуждал со мной происходящее. Оно и к лучшему.

Позвонил вечером Семёну. Обсуждали только один вопрос: продержится ли Украина, не сдастся ли на милость победителя, и много ли коллаборационистов, предателей выползут из тараканьих щелей? Ответа не было.

Послал Оксане имэйл, поделился кое-какими мыслями, упомянул антипутинский роман деда десятилетней давности: многое почувствовал, угадал в своём герое, устрашился того, что потаённо хранила заскорузлая душа, но и близко не мог предположить, чем обернётся. Да и кто мог... Оксана не ответила — в Киеве глубокая ночь; где она проводит её — в подземке метро или дома, прислушиваясь сквозь нестойкий пугливый сон к артиллерийскому гулу и эху взрывов?

Будь дед жив, что бы он сказал мне сейчас? К чему призвал, на что подвигнул? И что бы делал сам? Уверен — не остался безучастным. Не зря же попался мне на глаза листочек, написанный им от руки, как я понял из пояснения — кусочек Нобелевской речи Солженицына: *«Однажды взявшись за слово, уже потом никогда не уклониться: писатель — не посторонний судья своим соотечественникам, он — совиновник во всём зле, совершённом у него на родине или его народом. И если танки его отечества залили кровью асфальт чужой столицы, — то бурые пятна навек зашлёпали лицо писателя. И если в роковую ночь удушили спящего доверчивого друга, то на ладонях писателя синяки от той верёвки...»*

Переписка с Оксаной не прерывалась ни на день. Она сообщала, что я знал из хроники текущих событий, читая украинские сайты и негодуя от чтения российского официоза, и добавляла личные наблюдения: о дежурствах в больнице, куда свозили раненых, о том, что ракета попала в десятиэтажный жилой дом на Контрактовой площади близ её жилища, такого пожара она прежде не видела, сгорели и десятки припаркованных поодаль машин; рассказала об отце, записавшемся в тероборону, получившего автомат, а ночью дежурящего в больнице; пыталась понять, почему так много жертв среди мирного населения; восхищалась мужеством армии, огромным количеством волонтёров, среди которых её мать...

О русских писала, не жалея слов, включая матерные. «Армия ублюдков, мародёров, насильников в прямом бою никогда ничего не выиграет» — об оккупантах.

«Орки запустили ракету по ОХМАДЕТ, это центр охраны матери и материнства. Директор Чернышук — друг отца, от него я узнала, как обстреливали район Воздухофлотского моста, где учреждение медицинское находится. Ракета попала в 9-й этаж центрального корпуса. Счастье, что никто не пострадал — дети и родители прятались в укрытии. Бомбоубежища у больницы нет, однако есть помещения с повышенной защитой. Дети, тяжело передвигающиеся, там постоянно. Волонтёры, несмотря на комендантский час, доставляют продукты, лекарства есть... Разрушена мариупольская больница, ранены 17 человек, в их числе беременные, дети. Раненой роженице пытались помочь разродиться с помощью кесарева сечения, оперировали при свечах, но не удалось... Оккупанты захватили больницу, взяли в заложники врачей и пациентов... Скажи, Кирилл, почему эти ёбаные суки кидают бомбы в медицинские учреждения, уничтожают машины «Скорой». Случайность? Ошибка? Нет!!! Намеренные действия...»

Послание от 19 марта выбило меня из колеи. Ходил весь день как чумной. Оксана писала о киевлянах, супругах Дмитрии и Ольге. Всю ночь слышали приближающиеся к их пятиэтажке взрывы. Утром жена кормила месячную дочь, Дима вышел из подъезда посмотреть, что творится вокруг, и в этот момент снаряд попал в детский сад рядом с домом. Детей там, слава богу, не было — успели вывезти. Взрывом выбило окна и двери в домах вблизи. Осколки стекла ранили Диму в ногу. Ольга прикрывала дочку своим телом, спасла младенца, получила многочисленные ранения. Привезли её и мужа в ОХМАДЕТ и прооперировали...

В последнем по времени отправки имэйле Оксана неожиданно привела цитату из Толстого. Повесть называлась «Хаджи-Мурат». Я прежде не читал. Текст потряс созвучием происходившего тогда и сейчас. «*Чувство, которое испытывали все чеченцы от мала до велика, было сильнее ненависти. Это была не ненависть, а непризнание этих русских собак людьми и такое отвращение, гадливость и недоумение перед нелепой жестокостью этих существ, что желание истребления их, как желание истребления крыс, ядовитых пауков и волков, было таким же естественным чувством, как чувство самосохранения*».

Я пытался вселить в неё надежду, уверенность в благополучном исходе, в победе, хотя сам был исполнен скорее пессимизма, почерпнутого от Семёна в самые последние дни: он полагал, что война в той или иной форме не закончится ни через месяц, ни через год. Дракон будет отщипывать кусок за куском территории, как хищник, не в силах целиком заглотить добычу, не подавившись. Как бы Запад ни помогал, ударить из всех стволов НАТО не решится, и Дракон знает это. Огромные жертвы своих солдат его не остановят. Он будет воевать до последнего солдата... И никакой мирный договор не просматривается. А Запад? Ну, да, объединился, помогает вовсю деньгами и оружием, Хуйло не ожидал, думал: введут жёсткие санкции и этим ограничатся. Ан нет... Однако кто знает, насколько крепко желание помогать. Дела в экономике фиговые, спад производства, инфляция нарастает, цены растут, в такой ситуации некоторые страны прикрыть жопу захотят. Потихоньку могут задний ход давать. . Не сегодня — в обозримом завтра. До Украины ли тут...

Мой отец был реалист, терпеть не мог путинскую Рашу и мало верил в альтруизм Запада.

Я напомнил Оксане слова Лителла, она о нём не слышала, не читала его нашумевший роман о Второй Мировой глазами фашистского офицера: «На период войны гражданин, в первую очередь, мужчина, теряет самое основное право — право на жизнь; но гражданин теряет ещё и другое право — право не убивать». Один из ближнего круга Дракона прямо сформулировал: «Наша цель — уничтожение Украины и украинцев». Отсюда Мариуполь, Буча, Бородянка, другие города и сёла, сотни и сотни намеренно, сознательно расстрелянных, чаще всего, в затылок, замученных, запытанных, изнасилованных. Русский фашизм в чистом виде, нередко жестокостью превосходящий немецкий. *Рашизм*.

Лителл... Часто думаю о нём, о его «Благоволительницах». Познакомился с ним на его выступлении в Манхэттене. Еврейские корни, предки носили фамилию Лидские. И сам похож на еврея, в рыжизну. Роман его — космос, так показать войну на Восточном фронте через немецкого офицера... Некоторые мои знакомые, бравшиеся за книгу, бросали на половине, упрекали меня: «Охота тебе была читать излияния этого фон Ауэ, фашиста да ещё педераста...» Умиляло это «да ещё». Звучало в устах американцев, а не российских гомофобов.

Я подошёл по окончании встречи, задал вопросы. Джонатан, вдвое старше меня, уделил несколько минут. Говорили и о России (он находился в Чечне в 1-ю и 2-ю войны), с английского он переходил на русский, которым неплохо владел, и был исполнен скепсиса: путинская власть доведёт страну до ручки.

Не мог он промолчать, когда мир внезапно столкнулся с новой войной с цветом и запахом геноцида, куда более страшной, нежели вторжение в Грузию, боевые действия в Донбассе, бомбардировки в Сирии. Я ждал его слова и дождался. Паутина Сети принесла, как пушкинская золотая рыбка, Обращение Джонатана к русским друзьям — давнишним и не столь давним, друзьям, с которыми не знаком лично, друзьям по духу и разуму.

Лителл не обманул мои ожидания — сказал открыто и жёстко, кратко пробежав путь последнего двадцатилетия. *Да, друзья, «никому из вас не нравится Путин и его режим воров и фашистов, большинство из вас их ненавидят. Но давайте будем честны: многие ли из вас делали хоть что-то для сопротивления этому режиму? Кроме разве что участия в митингах, когда они ещё проходили. А если так, вы уверены, что ваши чувства стыда и вины — не просто абстракция? Может быть, они вызваны вашим длительным безразличием к происходящему вокруг, вашей апатией и вашим пассивным соучастием, которое теперь, наверное, тяжким грузом легли на ваши душу и сердце?»* И далее: *«Отчего всякий раз, как у вас, наконец, случается революция, вас в результате охватывает такой сильнейший страх перед смутой, что вы ищете спасения за спиной царя, будь его имя Сталин или Путин? Сколько бы людей он не убил, вам всё равно кажется, что при нём безопаснее. Отчего это так?»*

Прочёл и выскочило импульсом из подкорки: приезд на «Московскую саблю», мы с отцом в гостях у дяди Генриха, под любимый народом напиток зашёл горячий *русский* спор про революцию, смуту и тому подобное; я тогда совсем юный, зелёный, однако хорошо запомнил реплику дяди Генриха: «Все что угодно, только не кровавая революция...»

Прав Лителл! Особенно в том, что признает: для обуздания Путина *«едва ли и мы на Западе делали многое, если вообще что-то делали (имеет в виду грузинские события) — немного возмущения, немного санкций; но какое имело значение, что Россия вопиющим образом нарушает международное право, когда был так велик соблазн российской нефти, газа и внутреннего рынка? А после того, как имя Навального стало нарицательным, государство почувствовало, что теряет почву под ногами, и понесло ответный удар: тюрьмы стали наполняться людьми, некоторые получили большие сроки. Остальные опустили руки и разошлись по домам. «А что нам было делать? Государство такое сильное, а мы такие слабые...»*

Что ж, посмотрите на Украину. Взгляните на то, что они сделали два года спустя. Один раз захватили Майдан — и больше уже его не покидали.

А дальше — Крым, Донбасс. Ура! Ура! Новая Россия! Откуда ни возьмись, родился новый миф, и многие из вас, кто презирал Путина и его шайку, вдруг повернули на 180 градусов и стали его боготворить».

Самое жестко-откровенное приберёг Лителл на конец: *«Когда Путин разделается с украинцами — или, что выглядит весьма вероятным, если у него это не получится — он примется за вас. Пример украинцев, даже больше, чем в 2014-м, внушает страх путинскому режиму: они доказывают, что с ним можно бороться. И что разум, мотивация и храбрость могут его остановить. Каким бы подавляющим не было на бумаге его превосходство. .. Будьте начеку. Вы знаете, к чему всё идёт. Хорошая жизнь в обмен на ваше молчание подошла к концу. .. Теперь Путин не удовлетворится вашим молчанием, он потребует вашего согласия, вашей покорности. И если вы не предоставите ему то, чего он хочет, вы можете попытаться — или как-нибудь уехать, или вас раздавят...*

И всё же остаётся ещё один вариант. Который в конце концов и обрушит этот режим. Вариант этот зовётся — Майдан. Российский Майдан. Коллективный выплеск обнищавшего народа на улицы и площади городов больших и малых. Но для руководства стихийным восстанием нужна организация. Создавайте её, покуда действует Интернет. Выбора у вас нет. Если вы ничего не предпримите, вы знаете, чем это закончится...»

Горько-грустное чувство овладевает мной по прочтении. Всё вроде правильно говорит Джонатан, а шансы на русский Майдан почему-то не вырисовываются. Видится скорее долгосрочная война с одобрения запуганного, затерроризированного населения. Приятель деда, классный писатель из Вермонта Бочков ехидно откликнулся в Фейсбуке: «Ну, какой Майдан, чесслово — на дачу надо, рассаду сажать, шашлычки опять же под водочку».

Я переслал текст Лителла Оксане. Она откликнулась на мове — удивительно, я всё понял. «В росіі Майдан??? Не смішіть горобців на скирті, — швидше вівці піднімуть повстання в кошарі, аніж населення москвостану». И приписка: «дурна писанина, марна трата часу».

Спорить я не стал.

В течение недели получил от Оксаны новые послания, от которых мутилось в голове. Как же такое могут творить люди? Да люди ли, могут ли так называться? На ум сами собой приходили грозные предсказания Петра на поминании деда в беседке на улице Врубеля. Выходит, прав бородач — идёт массовый террор. Какой народ, такая и армия. Народ и власть — близнецы-братья.

Ольга Ярделевская:
Ребята, сейчас будет больно. Может, не стоит и читать, я предупреждаю! Но не написать не могу.

Ночью дежурила в чате экстренной психологической помощи для пострадавших от войны. Обращается муж женщины — пыталась покончить собой, поговорите с ней. Суицид очень стремная для меня тема. Те, кто меня близко знает, понимают почему. Но делать нечего — беру в работу. Молодая женщина, говорит вяло, без интереса, под действием успокоительных препаратов. Тихим, без оттенков голосом она говорит, что рашисты изнасиловали её дочь и что она никогда не сможет посмотреть ей в глаза, она не мать, раз не смогла её уберечь. Я пытаюсь её увести от вины в детали, в гнев, в хоть какую-нибудь эмоцию:
— Девушка пострадала физически тоже?
— Девушка?! — она вдруг кричит, — девушка?! Ей шесть лет!

Мой желудок подпрыгнул и оказался в носоглотке. В мозгу забегали предательские, трусливые мысли: «что говорить?», «а вот мне это за что?», «почему именно в моё дежурство?»… Через час мне было дано твёрдое обещание жить и ходить на терапию. Девочку передали местному психиатру, будет наблюдать. Всех, кого могла, подняла на ноги и задействовала. Но…
Двое русских ублюдков изнасиловали ребёнка.
Это всё. Извините, что не промолчала.

Оксана, похоже, решила испытать мою нервную систему: выдержу или взмолюсь — не надо, умоляю, не присылай истории, от которых волосы дыбом. Пощады я не попросил — новые рассказы беженцев заполняли экран моего домашнего монитора…

8

Думай о хорошем, не учи судьбу плохому. Повторял занозистую мысль, как мантру, тщетно пытался переключиться. Внутри незаметно подрагивало, колебалось, смещалось, сдвигалось подобно чёрным пластам перед землетрясением.

И вновь неотступно преследовало: что за люди в военной форме пришли на землю соседа с самолётами, танками, орудиями, бомбами, ракетами, миномётами и прочей металлической, сеющей смерть пакостью? Кто эти двое, изнасиловавшие шестилетнюю? В кармане мёртвого оккупанта нашли золотые коронки. Где он их достал — вырвал из челюсти убитого им мирного жителя? Воруют электрические чайники, кофеварки, микроволновки, миксеры, ковры, шубы, одежду, даже унитазы — до чего могут дотянуться — и отправляют домой, в свои нищие города и деревни. Мозг отказывался понимать.

Прочитал у деда: *«Никто не знает меры вины, и никто не ведает, чем можно искупить когда-то совершённое — иной раз достаточно искренне покаяться и забыть, а другой раз не хватит и всей жизни, чтобы ответить перед Богом за грехи... Подлости и преступления совершаются сначала от страха, потом от ужаса содеянного, а потом по привычке».* Процесс избавления от мук совести у всех по-разному происходит, размышлял я, впервые в короткой, безмятежной жизни терзавший себя нелёгкими вопросами.

Убийства по привычке... Не из мести, поскольку никто ничего плохого тебе не сделал, — просто так. Для этого надо убедить себя в будничной правоте бесправного дела, преступного занятия, воспринимать зло чуть ли не как добро, осознанную необходимость. Не могу представить человека, насилующего детей и выдёргивающего золотые коронки из рта мертвецов, который стыдится этого, борется внутри себя с Сатаной. Нет, сначала требуется что-то сломить внутри, загнать угрызения совести в подполье, только так и не иначе.

И с каждым днём яснее открывалось: армия пришла на чужую землю не воевать, а разрушать созданное народом, в издёвку называемым братским, и убивать, убивать — чем больше, тем лучше. Таков был приказ. Гитлер снял с немцев моральную ответственность за злодеяния, кремлёвский Дракон то же самое снял с русских. В афганской войне советские военные суды наказывали за преступления против мирных жителей, вернее, пытались наказывать, иногда даже приговаривали к смертной казни, потом отменяли приговоры, ограничивались 15 годами лагерей и выпускали через некоторое время на свободу. Откуда знаю? Из книги деда — он побывал на той необъявленной войне журналистом. Сейчас в России никого не судят, никаких лицемерных фраз об ответственности за уничтожение украинцев не произносят. Впрямую, без обиняков: разрушать, уничтожать, убивать...

Мне кажется, Дракону льстит сравнение с фюрером. Он и с себя снял всяческие моральные табу.

Что будет с Оксаной? Ужасно, сидя в Нью-Йорке, чувствовать бессилие помочь ей.

Почти ежедневно я перезванивался с отцом. Семён был лаконичен и категоричен — в отличие от обычной манеры многое разъяснять, раскладывать по полочкам, долго и нудно разжёвывать, что и так понятно. Сказывалась профессиональная привычка брокера по продаже и покупке недвижимости, чем отец занимается многие годы, совмещая с тренерской деятельностью. Чтобы уговорить клиента, требуется извести тысячи слов.

Я любил Семёна, он был со мной сызмальства, готовил к соревнованиям, хотя считается — отец не должен тренировать сына, ибо тот не воспринимает должным образом его требования.

Отец не занимался шаманством, избегал заклинаний и гневных излияний по поводу войны, ему всё было ясно. «Я, как и твой дед, два десятилетия твержу и стараюсь убедить твердолобых, какое вселенское зло Хуйло. Многие мои знакомые, увы, прозрели с опозданием, лишь сейчас. Для них отъём

Крыма вполне приемлем: не совсем, правда, честный, зато справедливый. А Грузия, Абхазия, Южная Осетия — это как, тоже справедливо?»

В эти дни Семён был одержим жаждой деятельности. По его словам, ради достижения поставленной перед собой цели он забросил бизнес. «Спасший одну жизнь спасает целый мир», — повторял еврейскую мудрость. Он был в курсе моих отношений с Оксаной, в его словах чудился намёк. Про жену, мою мать, говорил: «Надя во всём меня поддерживает. Я считал её аполитичной, сейчас она всем сердцем, всеми фибрами души с Украиной».

Из разговоров с отцом я узнал о задуманном им. Для этого требовалось редкое упорство и упрямство в борьбе с неизбежными препятствиями. Я получил лишнее подтверждение, насколько Семёна ценят и уважают в фехтовальном мире — особом, со своими традициями и условностями, не сводимыми к общему спортивному знаменателю. Без обширных связей он бы не справился с задачей.

Задумал отец следующее. Правая его рука в фехтовальном клубе Сан-Диего, отличный тренер и достойный человек Рома, переживал за мать и двенадцатилетнего брата Илюшу, живущих в Черкассах под бомбами и ракетами. Семён решил вытащить их в Америку. Мать Ромы отказалась — она видела свою миссию помогать мужу, бойцу теробороны, готовить патроны для бойцов ВСУ. До границы готова была сопровождать сына.

Отец договорился с друзьями, и те в последний момент буквально впихнули женщину и подростка в эвакуационный поезд. Поезд шёл до Львова почти сутки. Не спали, почти не ели, измучились. Ночью поезд стоял, выключал огни, чтобы не превратиться в мишень для бомбёжки. «Чистый сорок первый год», — пояснял Семён и добавлял: «В эти часы я думал о бабушке Доре — если бы, поддавшись панике, двинулась 16 октября с грудным младенцем в путь, наверняка погибли».

Из Львова тоже с трудом мать и подросток добрались до Ужгорода. Отец жил с телефоном и спал с ним, координируя усилия группы спасения — именно таковой она выглядела. Небритый, с воспалёнными от хронического недосыпа глазами, он, по словам Нади, похудел, осунулся. В Ужгороде беженцев встретил некий Городецкий. Никого из американских фехтовальщиков не знал, рядовой тренер и не по сабле, тем не менее откликнулся на просьбу, в сущности, чужих людей. Он должен был отвезти родственников Ромы на границу и передать незнакомому венгру из Будапешта. Семён связался с ним и объяснил ситуацию, продумал, как и где встретиться с Городецким. Венгр застрял в жутком трафике и опоздал. Городецкий забрал мать и ребёнка к себе домой в Ужгород, там они готовились к новой встрече.

В конце концов попали в Будапешт, устроились в заранее снятом жилье. Дальше — неожиданный поворот: мама Илюши передумала, она и сын прошли собеседование в посольстве и получили разрешение на въезд в США. Мама пожила в городе-рае Сан-Диего и… воротилась в Черкассы, на войну. Илюша живёт у брата, тренируется с американскими ребятами, осваивает английский.

На этом Семён не остановился. Моторчик внутри него работал на полных оборотах, своеобразная динамо-машина не нуждалась в подзарядке. Неведомыми путями до него дошла просьба офицера ВСУ в высоком чине выручить семью. Полагаю, мой отец попал в список надёжных и активных волонтёров, к ним есть смысл обращаться в любых ситуациях. Мать офицера, украинка, фехтовальный тренер в Нью-Йорке, вышла на Семёна и повторила обращение военного: помочь вывезти жену и двоих детей пяти и двух лет. «Я сама мало что могу, надежда на вас, Семён»…

Далее шло по плану, согласованному с моим отцом. Офицер отправил жену и сыновей в Молдову, оттуда в Румынию, они поскитались по Европе и в конце концов осели в Испании. Семён сотворил невероятное — достал билеты с четырьмя посадками и конечным пунктом в мексиканской Тихуане, соседствующей с Сан-Диего. Он и нью-йоркская бабушка встретили вконец измученную семью на границе. По гуманитарному паролю те въехали в Америку. Все четверо, включая бабушку, остановились у Семёна. Двухлетний малыш по дороге схватил тяжёлый вирус, его беспрерывно рвало, он морщил брови от боли. Семён прозвал малыша Бровкиным. Организовал лечение. Бабушка заразилась от внука, они по прилёту в Нью-Йорк очутились в госпитале под капельницами. И хэппи энд:

все здоровы, малыш ходит в детский сад, прозвище укоренилось — окружающие зовут его Бровкиным...

Таков мой отец. Я горжусь им.

Он спросил счастливого Рому, дождавшегося брата:

— Кем ты меня считаешь?

— Евреем из Советского Союза. Хорошим человеком. Другом.

— Нет, Рома, я не бывший советский еврей, я сегодня — украинец.

9

Досуг мой изменился: беззаботно, бодро и весело общаться с друзьями я уже не мог. За эти месяцы я повзрослел, будто находился в чёрной дыре, часы и дни текут там вдвое медленнее.

Я по-прежнему копался в бумагах деда, невольно выискивал созвучие его записей нынешнему моменту. Иногда находил. «Мы живём в вымышленном мире, но не понимаем этого»; «Там, где господствует любовь, отсутствует воля к власти, там, где первостепенно стремление к власти, любовь отсутствует. Одна не является тенью другого».

Российский Дракон не знал настоящей любви — я обретал в этом ледяном предположении всё большую уверенность. Попадавшиеся на его пути женщины существовали как объект вожделения — не более. Из романа деда вытекало именно это. И ещё одно наблюдение, уже не моё, кто-то метко заметил: это напоминает «Повелителя мух». Дракон ведёт себя как 14-летний, слушающие его ржут как 11-летние. Здоровый человек, допустим, сказал бы: «Вы ударите первыми, мы ответим, и все попадут в ад». Фраза взрослого. А он говорит: «Вы ударите, мы ответим, вы попадёте в ад, а мы — в рай». Разве не диагноз?!

Пригодились выводы Фэллоуна, калифорнийского профессора, бегло прочёл его бестселлер «Психопат изнутри». У диктаторов и закоренелых преступников немало сходных черт: нарциссизм, словоохотливость, определённое обаяние, великолепная память, безудержная лживость, коварство, садизм... Им неведомо чувство вины. Гиперсексуальность или, наоборот, асексуальность (Гитлер). Фэллоун недавно выступил в Нью-Йорке с докладом «Внутри путинского мозга». Жаль, я не знал, иначе обязательно пробился бы в зал. Тезисы доклада опубликованы. Нарцисс с преувеличенным представлением о собственной персоне и собственной избранности верит, что осуществляет некую Миссию. Человек может быть нарциссом и не страдать расстройством личности. Путин не страдает таким расстройством, но у него много нарциссических черт характера, и при этом он прекрасно отдаёт отчёт в своих действиях. И уверен, что аморализм и бессердечность абсолютно нормальны и приемлемы. Он не психопат, а социопат, то есть получивший психическую травму в очень раннем детстве, до десяти лет. Возможно, его избивали, унижали, издевались над ним, и он озлобился на весь мир. В каком-то смысле ему на всё наплевать. «Будет так, как я хочу, и вам придётся с этим смириться». Кремлёвский диктатор считает, что поступает правильно, ибо народ этого хочет. Возложенная им на себя Миссия делается вроде бы ради народа, который он презирает. Выходит, Путин и народ — близнецы-братья? — это я уже от себя...

И вот сегодня страна, которой правит Дракон, сорвалась с оси и беспорядочно болтается в чёрном космосе. Её отвергают, властителя ненавидят, желают ему скорейшей кончины — и боятся. Что наш мир ждёт дальше, не знает никто...

Звонил отец, спрашивал про Оксану и что я намерен делать. Я не знал и честно сказал об этом. Семён тяжело вздохнул — в трубку было слышно. Я действительно не ведал. Предложить покинуть Киев? Не согласится. Пригласить в Нью-Йорк? Означает опутать себя серьёзными обязательствами. Готов ли я?

И вдруг, словно прочтя мои мысли, — имэйл от Марины Броварской.

«Дорогой Кирилл! Прости за это послание, которое может поставить тебя в двусмысленное положение. Крик души матери. Только что получила известие: Оксана ушла в действующую армию в составе «Скорой помощи» — вывозить раненых. Если я не двинусь мозгами, будет удивительно. В Киеве разрушены 200 домов, орки готовятся к наступлению, будут новые жертвы в городе и в области. Они расстреливают машины с красными крестами. Не останавливаются ни перед чем. Я не хочу потерять единственную дочь. Ты, наверное, читал: ракета ударила по вокзалу в Краматорске, во временном зале ожидания полно людей, ожидавших эвакуации. Туда и попала ракета. Более 30 человек погибли, несколько детей, сотня раненых... Мы с мужем твёрдо решили бороться до конца. Киев не покинем ни при каких обстоятельствах. Но Оксана... Ещё жить по-настоящему не начала... В связи с этим у меня к тебе просьба. Заранее прости, но я — мать и этим всё сказано. Попытайся её вывезти, пригласи в Америку, прими у себя. Уговорить будет нелегко, она упрямая, давай пытаться с обеих сторон. Если, конечно, это приемлемо для тебя. Может, у тебя есть девушка, и Оксана никак не вписывается в твой образ жизни... Буду ждать твой ответ. С надеждой на лучшее, Марина».

Я ходил сам не свой. Надо было решать. Позвонил отцу. Семён выслушал и произнёс всего одну фразу: «Спасший одну жизнь спасает весь мир». Я почему-то ждал именно такую реакцию.

Как часто бывает, решение пришло в долю секунды, вытеснив колебания, сомнения, страхи. Мы начали обсуждать возможные пути. Отец в этих делах был дока.

— Вытягивать надо через Львов, перейти границу и в Будапешт. Вариант Роминого брата, ты в курсе. Задействуем тех же помощников, волонтёров. Интервью в американском посольстве потребуется ждать долго, не уверен, что смогу ускорить. Понадобятся деньги, имей в виду... Погоди, у меня возникла идея: давай подключим толкового иммиграционного адвоката — дескать, невеста из Украины едет к жениху. Пошлёшь Оксане имэйл с предложением руки и сердца — в посольстве тоже люди, не смогут отказать в визе. Адвокат поможет оформить бумаги. Как идея?

— Ну, Семён, ты даёшь!.. Вот так с ходу женишь сына... — я усмехнулся.

— Судя по всему, вы симпатизируете друг другу. Главное, вытащить девушку из пекла, а там решите, как поступить.

Я согласился. Оставалось уговорить Оксану.

Первое моё послание — я приглашал её в гости — встретило категорический отказ. «Бежать с поля боя в благополучный Нью-Йорк — дезертирство, трусость. К тому же я — военнообязанная. Как ты можешь предлагать такое, когда Украина в огне?»

Я пустился в объяснения: переписка не может заменить личное знакомство, общение, я испытываю определённые чувства… Оксана призналась — я ей тоже нравлюсь, однако нынче неподходящее время для любовных проявлений.

Марина сообщила: обрабатывает дочь, как может и умеет — в ответ резкое «нет». «Упрямая чертовка! Душа за неё изболелась. Пока её «Скорая» работает в городе, раненых, слава богу, мало, так как затишье в обстрелах, но что будет, когда орки начнут выступать и дочке придётся колесить по близлежащим районам?»

Я снова закинул удочку и с тем же итогом. Единственно, у неё вырвалось: «И кто даст американскую визу? Кто я — туристка? Наверняка откажут». Замаячила призрачная надежда *уговорить*.

— Документы на воссоединение с женихом уйдут в посольство, может сработать, — приоткрыл карты.

— Ни фига себе, Кирюша, так ты мой суженый?! Действительно замуж зовёшь или шутишь? — съехидничала.

— Вовсе не шучу. В любом случае пора познакомиться поближе…

Ответа не получил. Оксана замолчала. История эта ей прискучила, или случилось что? — гнал непрошеные мысли.

Молчала и Марина. Я звонил — номера матери и дочери не реагировали, на messages — то же самое. Я всерьёз заволновался.

Дальнейшее изложу телеграфным стилем, ибо столько всего произошло, что на подробные описания бумаги не хватит.

Через три дня я получил сообщение от Марины. Дочь в больнице с осколочным ранением ноги. К счастью, не тяжёлым. Из сбивчивого, нервного сообщения понял следующее. «Скорая» с водителем, Оксаной и двумя санитарами мчалась в Пущу Водицу — это в Оболонском районе, въезд туда ограничен на неопределённый срок — Оболонь обстреливали ракетами и артиллерийскими снарядами в первые дни войны сильнее всего. Когда непосредственная опасность захвата северной окраины Киева миновала и наступило затишье, за дело принялись сапёры. Требуется очистить дома, улицы, лесополосы от мин, растяжек и прочей гадости. Оксана получила приказ срочно двигаться в определённую точку Пущи Водицы — на растяжке подорвались два сапёра. Водитель спешил, очевидно, сделал более крутой поворот, чем следовало, и зацепил правым задним колесом замаскированную мину. Под днищем присланного из Европы «Мерседеса» раздался взрыв. Если бы не повышенный уровень защиты «Скорой», последствия оказались бы роковыми, а так обошлось: санитары получили осколочные ранения средней тяжести, водитель и Оксана — полегче. Пострадал её мобильник, лежавший в сумке в салоне, — разлетелся на куски.

«В общем, Кирилл, беда настигла нашу семью. Может, теперь, после случившегося, станет дочь более покладистой, менее упрямой и примет твоё предложение. Я и Анатолий будем на этом настаивать… У неё новый мобильник с прежним номером. Напиши ей…»

Я отправил эсэмэску с ласковыми, нежными словами, пожелал скорейшего выздоровления и выразил надежду, что скоро увидимся.

Марина позвонила и сообщила: дочь сильно переживает, испытывает стресс и готова покинуть Киев.

Я сообщил Семёну, маме Наде и бабушке Тане о возможных переменах в личной жизни. Они пожелали удачи. Мама и бабушка ни о чём не спрашивали, очевидно, проинструктированные отцом. Теперь следовало действовать и как можно энергичнее.

Семён предложил связаться с известным иммиграционным адвокатом Ириной Маринченко — по его словам, лучшим специалистом в этих вопросах. Её имя назвали нью-йоркские друзья-фехтовальщики. Продиктовал номер телефона для консультаций. Я позвонил, она готова была принять меня завтра в середине дня. Отпросившись с работы, я отправился на сабвэе в Бруклин, точнее, в Бенсонхерст, в офис Маринченко. Разговор вышел полезный. Ирина, оказывается, хорошо знала деда, они дружили, напомнила, что выступала на его похоронах (в моей памяти это почему-то стёрлось). Я вкратце поведал об Оксане, прояснил суть просьбы. Ирина поинтересовалась, виделись ли мы прежде, и слегка покачала головой, услышав мой ответ. «Помогло бы для получения визы, но на нет и суда нет. Я должна взглянуть на вашу переписку, если, конечно, вы не против. Достаточно ли мотивов для вызова невесты, есть ли шансы получить одобрение USCIS — иммиграционной Службы, куда вы подадите петицию на визу К-1. Кстати, где ваша подруга собирается проходить интервью?»

— В Будапеште, скорее всего.

— Будет нелегко, возможен отказ, надо быть готовыми.

— Какие ещё варианты на случай отказа?

— Пускай попробует добраться до Мексики. Там уже немало украинцев. Их впускают в США по гуманитарному паролю. А пока давайте готовить документы. Мне понадобится ваша переписка, — вновь повторила.

Оксану выписали из больницы. Из правой голени были извлечены три осколка. Я держал её в курсе событий: адвокату понадобились её снимки — строгие, не в шортах и купальнике; одновременно попросила прислать пару имэйлов «с любовной лирикой» — скучаю, тоскую, жду долгожданной встречи… Подобное потребовалось и от меня. И чем рьянее сочиняли легенду о женихе и невесте, тем меньше я испытывал веры в благополучный исход. Оксана — тоже, даже попросила плюнуть на затею и поискать другую возможность. Я не согласился: надо делать, что в наших силах. Растущий скепсис старался держать при себе.

Адвокат собрала необходимые документы и материалы, провела с Оксаной получасовой разговор по телефону. На всякий случай, осведомилась, есть ли у неё заграничный паспорт и не просрочен ли. Мне Ирина откровенно заявила: шансы на получение визы К-1 небольшие.

По её совету я вышел на сайт USCIS и ответил на вопросы анкеты. Вначале познакомился с тремя резонами отказа в визе. Вроде ни один к нашей ситуации не подходил, но кто знает, к чему сотрудники Службы могут прицепиться. Вопросы простые, везде я отвечал «yes», лишь дважды «no» — о криминальном прошлом и настоящем и о личных встречах с невестой в течение двух последних лет. Врать категорически нельзя, да я бы и не решился.

Пугали сроки рассмотрения петиции — от четырёх до шести месяцев, в лучшем случае. Адвокат пояснила: часто сроки не выдерживаются, затягиваются. Для невесты из Украины возможно послабление, однако вряд ли сроки резко сократятся. Такая картина...

Я сообщил обо всём Оксане и Марине. Они, оказывается, всё знали и тоже изучили сайт USCIS. Рассказал о варианте с кодовым названием «Тихуана». И получил в ответ: «Да, Тихуана. Другого пути нет».

Я дал отбой. Поблагодарил Маринченко и протянул конверт с деньгами. Ирина вернула конверт.

Оксана начала готовиться к отъезду.

Семён, как я уже говорил, хотел использовать схему отправки в Венгрию младшего брата Ромы. Родители Оксаны действовали самостоятельно: собирали деньги, искали нужные связи. Я выслал три тысячи долларов.

Маршрут определился: эвакуационный поезд во Львов, далее Ужгород, оттуда в Чоп — всего 25 километров — и вот она, венгерская граница, где Оксану подхватят друзья Семёна по фехтовальному братству.

Поездов во Львов было несколько, уходили вечером. Сесть в них оказывалось непросто: приходилось выстоять очередь и при посадке выдержать бой. Приоритет имели беременные женщины, старики и дети. Оксана провела на вокзале четыре часа, пока усилиями родителей и их приятеля, профессионального борца, не удалось затолкать её в вагон. Прощание вышло со слезами, Марина закатила истерику.

Набитый до отказа поезд двигался по-черепашьи, останавливался, гасил огни — не лишняя предосторожность. Нервное состояние, спёртый воздух, детский плач — Оксана не сомкнула глаз, проведя ночь сидя.

Наконец, в одиннадцатом часу дня беженцев принял Львов. Оксану встретил доктор, бывший коллега Анатолия, усадил в машину и повёз к себе на квартиру. Оксана поела, отдохнула и приготовилась на следующее утро к поездке напрямую в Чоп — так решил доктор, справедливо рассудив: нет смысла терять время в Ужгороде. Об изменении плана она сообщила мне по WhatsApp, а я — Семёну. Отец выразил недовольство —

люди ждали в Ужгороде. Делать нечего, он позвонил и попросил поменять место встречи.

Я взял отгул в счёт положенных больничных дней и не расставался с мобильником. Оксана звонила каждые два-три часа. В Чоп попала до полудня. Её встретили. Таможенный пункт Тиса, против ожидания, не походил на муравейник, куда плеснули кипяток. Народу немного, машин и того меньше. Процедура пропуска с предоставлением статуса беженца сведена к сугубым формальностям, доложила Оксана. «На венгерской стороне, в пункте пропуска Захонь, меня никто не встречает. Толкусь одна, не знаю, куда ехать. Есть контактный телефон одного венгра, говорящего по-русски, его прислал твой отец, написал об этом по имэйлу, телефон не отвечает. Свяжись с отцом, Кирюша...»

Через полчаса новый звонок: «Всё о'кей, меня нашли. Трафик по дороге из Будапешта, человек задержался. Прости, что доставляю хлопоты и волнения. Но такова твоя участь — нововявленного жениха. Терпи...» Я доволен — чувство юмора присутствует. Молодчина, держится.

Семён помог снять комнату в районе американского посольства на Сабадшаг тер 12. Жильё предоставил известный тренер, с ним мой отец некогда выступал на юниорском чемпионате мира в Сан-Паулу. Там и познакомились, подружились. Тренер был еврей, это, возможно, их и сблизило. Евреи сделали Венгрию мировым лидером по фехтованию на саблях. Началось ещё до Второй мировой войны...

Оксана не теряла времени даром. В Мексику туристическая виза не нужна. Требовалось заполнить онлайн-анкету, отправить по определённому адресу и через несколько минут получить электронное разрешение на одноразовый въезд. Что Оксана и сделала. Настала очередь бронирования и покупки билетов. Включился Семён. Пока мы рыскали по сайтам авиакомпаний, ловя удачу, он нашёл отличный рейс с тремя посадками: Будапешт — Брюссель — Канкун — Тихуана. Полёт многочасовой, утомительный. Я оплатил его кредиткой.

До даты вылета оставались считанные дни.

Я не раз посещал Тихуану — Сан-Диего всего в 25 милях. Двухмиллионный город нёс напоминание о постоянной опасности. Я кожей чувствовал тревогу. Основания имелись: даже по мексиканским меркам преступность здесь зашкаливала. Местные картели переправляли в Калифорнию нелегалов, наркотики, контрабандные сигареты и спиртное. Утром по улицам фланировали стада сонных, злых проституток. Парковка машины сопровождалась риском вновь её не увидеть, либо получить взломанной, распотрошённой, без колёс и шин. Внешне же город выглядел вполне цивильно, имелся международный аэропорт. Здесь практиковали выучившиеся в Америке мексиканские врачи. Семён и его друзья ездили к ним лечить зубы. Стоило баснословно дёшево, поставить пломбу — 20 баксов, в Сан-Диего обошлось бы в 80, а то и в сотню.

Во время войны Тихуана обрела особую привлекательность. Украинские беженцы облюбовали это место, несмотря на то, что добраться сюда из того же Киева представлялось делом муторным и недешёвым. Зато вот она, вожделенная Америка, совсем рядом!

На обочине многополосного шоссе из Мексики в Калифорнию, в трехстах метрах от границы, был разбит палаточный брезентовый лагерь. Волонтёры всячески помогали беженцам, постоянно прибывающим на микроавтобусах из аэропорта. Снабжали одеялами, пищей, включая воду и тако — тонкие кукурузные лепёшки с разнообразной начинкой. Местным жителям до чёртиков надоели болтающиеся под ногами нелегалы со всей Южной Америки, но к украинцам они относились с теплом и приязнью. Рассказывали, что молодая знойная женщина исполняет для них серенаду под аккомпанемент акустической гитары, а пьяный американец передал волонтёрам сотни долларов, изрыгая проклятия в адрес Путина.

Отцу сообщили: действует особый список беженцев, каждому присваивается номер, установлена очередь на беседу с офицерами погранслужбы. Список хранится в синей, заметной отовсюду палатке.

По совету Семёна я забронировал Оксане номер в отеле — куда приятнее пребывать в тепле, нежели дрожать в холодной ночи под палаточным брезентом. Это на случай задержки с прохождением через границу.

С моим боссом была договорённость относительно внепланового отпуска на несколько дней. «Приезжает невеста из

Украины», — объявил я и снял все вопросы. В прошлом тоже выходец из Гарварда, босс хорошо ко мне относился. Наверное, я неплохой работник, иначе бы мне не платили немалую зарплату плюс бонусы. Мне нравится то, чем занимаюсь. Отчасти это творческий труд, не такой, как у писателя, художника или музыканта, но и не нудно-однообразный, как у почтальона, водителя автобуса или сборщика на конвейере.

Накануне вылета Оксаны я совершил рейс в Сан-Диего, обнял родителей, по которым соскучился, и обещал жившей отдельно бабушке Тане навестить её и поболтать о жизни.

10

Рейс из Канкуна по расписанию должен был прибыть в 13.07. Оксана позвонила и сообщила — посадка задерживается на час или больше, точно не говорят. Мы выехали в Тихуану заранее.

Боковым зрением я наблюдал за отцом, управлявшим «Мерседесом». Мы не виделись полгода — это много, прежде таких перерывов не было. Он похудел, постройнел, Надя следила за его здоровьем, по её настоянию каждое утро Семён выпивал стакан оздоровительного сока из сельдерея (мама пыталась и меня приучить к этому напитку, но тщетно — я не воспринимал зелёную жижу). Зато отец пил с удовольствием и стабилизировал вес и давление. Он ещё больше полысел, в отличие от большинства мужчин, теряющих волосы в теменной части, он лысел со лба. Избавившись от недельной щетины с проседью, гладко выбритый, в голубой рубашке и модном хлопковом пиджаке песочного цвета, выглядел моложе своих 55.

Ни о чём особенном мы в дороге не говорили. Я волновался, пытался скрыть своё состояние, отец понимал и не докучал расспросами, как да что будет с появлением Оксаны. Трафик отсутствовал, мы домчались до границы за полчаса. Проехали мимо палаточного лагеря беженцев — отчётливо виден с трассы — и прямиком к пункту пропуска в Мексику. Нас пропустили, мельком взглянув на американские паспорта. «Туда» пограничники дают въехать без проблем, а вот «обратно...»

Стоянка у аэропорта оказалась почти сплошь занятой. Пришлось долго искать свободное место. Оплатили четыре часа парковки по недорогому тарифу iPark, на шаттле добрались до битком набитого зала ожидания. Рейс из Канкуна опаздывал на полтора часа. Мы сели в баре, заказали кофе. Волнение моё усилилось.

— Попробуем уговорить ведающих списком включить Оксану в одну из групп беженцев. Минуя очередь. Запускают к пограничникам «двадцатками», — Семён выказал осведомлённость. — Иначе не миновать ночёвки в отеле.

Отец знал, что говорил: недавний приём жены и детей украинского офицера (кажется, в чине подполковника, узнал потом Семён) научил его многому. В общих чертах я знал эту эпопею: помогла избежать задержки и нежелательной ночёвки в гостинице болезнь малыша. Подхватил заразу в самолёте. Слава богу, не «корону». Выдать Оксану за больную? Этого ещё не хватало, отрезал отец. Будем действовать по обстоятельствам.

Томительные полтора часа истекли. Самолёт из Канкуна приземлился. Пассажиры направились в багажное отделение. У меня один чемодан, уведомила Оксана по имэйлу. Где же она?

Слегка познабливало, я знал свою особенность реагировать подобным образом на важнейшие перипетии, скажем, выход на дорожку в финальном сабельном поединке или ожидание ответа из университета, примут — не примут. В теснящейся у транспортёра толпе Оксана не бросалась в глаза. Высокая, с копной пшеничных волос, славянский тип лица, молящий, беззащитный взгляд... На полученных впоследствии видеокадрах такой взгляд отсутствовал. Какой он сейчас?.. Судя по всему, из Канкуна прилетело немало украинок, они выделялись из общей массы латиносов, однако Оксана словно растворилась.

— И где твоя пассия? — не выдержал отец.

Я попытался вплотную приблизиться к ленте транспортёра с проплывавшими чемоданами, баулами, сумками и услышал позади себя:

— Кирилл, это ты?

Низкий голос, кажется, простуженный. Совершенно незнакомый, хотя мы часто говорили по телефону. Я обернулся. Стриженая очень коротко, в тёмных очках, джинсах, куртке и с адидасовской сумкой. В первое мгновение кажется чужой, незнакомой.

— Привет, Оксана! — отреагировал я и замешкался. Мы не обнялись. Стояли оцепенело.

— С прилётом! — нарушил молчание отец и наигранно-бодро: — Я — родитель скромного, застенчивого мальчика, который не обнимет и не поцелует дорогую гостью. Это я сделаю вместо него, — и заключил Оксану в объятия.

Оксана убрала тёмные очки в сумку и улыбнулась. Выглядела она утомлённой, синие припухлые поддужья глаз свидетельствовали: в долгом почти суточном перелёте с тремя посадками мало спала. А может, накопилась предыдущая усталость...

Чемодан её приплыл в числе последних, я подхватил и мы двинулись на стоянку.

Отец расспросил о перелёте, не простудилась ли — судил по хрипотце; она сказала, всё в порядке, голос сел, потому что в самолёте выпила воду со льдом.

— Что нам предстоит, Семён Даниилович? — выказала нетерпение всё сразу узнать. Прозвучало как «Данилович», отец чуть поморщился.

— Давай, Оксана, договоримся — никаких отчеств, мы в Америке, ну, пока ещё в Мексике, но, надеюсь, скоро окажемся в Сан-Диего. Зови меня просто Семён, о'кей?

— Хорошо, — согласилась.

Мы сели в «Мерседес» и направились в направлении границы, точнее, к лагерю беженцев. Я и Оксана устроились на задних сиденьях, наши непроизвольные взгляды скрещивались, она машинально улыбалась или делала вид.

— Стрижка идёт тебе, — произнёс я первое пришедшее в ум.

— Не думаю. Но в долгой дороге патлы — помеха.

— Подъедем к лагерю и всё выясним, — взялся объяснять отец. — В общих чертах картина ясна: любыми способами втолкнуть тебя в очередь для беседы с пограничным офицером. Никаких двух-трёх суток ожидания.

Мы быстро высмотрели синюю палатку волонтёров и направились к ней. Волонтёры регулировали очередь. Оксана показала украинский заграничный паспорт — сейчас главный документ, сулящий быстрое прохождение границы. Один волонтёр говорил на английском, его помощница — на украинском. Поделились с нами: отбирают по двадцать человек, беременные, семьи с маленькими детьми, старики имеют приоритет, остальным как повезёт. Требуется заполнить форму I-131, приложить копию паспорта и указать контакты поручителей. Поручителями Оксаны выступили я и Семён.

Она заговорила с волонтершей на мове, та дала уклончивый ответ: шансов пройти границу сегодня почти нет. Я успокаивал: номер в отеле забронирован, в случае чего переночуешь, а завтра... «Никаких завтра! Надо сегодня!» — настаивал отец.

Он пустился в объяснения с главным волонтёром. Многие годы в бизнесе выработали в Семёне потрясающее качество — заморачивать головы бюрократам путём долгих и нудных топтаний вокруг да около, повторений по многу раз одного и того же; те в конце концов уставали спорить, сдавались и соглашались с аргументами отца. Это не относилось к клиентам, покупающим или продающим жильё — с ними отец вёл предельно конкретное и честное обсуждение сделки, без всяких заморочек. Так происходило и сейчас. Бедный волонтёр не был бюрократом, он исполнял порученное ему дело в соответствии с принятыми правилами, однако попал под жёсткий прессинг и не знал, как избавиться от назойливого представителя молодой симпатичной украинки. Не в его силах протолкнуть её без очереди, и почему он должен делать это? А отец продолжал обрабатывать ревнителя заветного списка. Показывал на меня, говорил проникающими в душу словами, что, помимо всего прочего, беженка Оксана является любимой девушкой этого молодого человека, то есть меня, и они собираются пожениться. Счастье молодых в ваших руках! — добавлял с пафосом.

Волонтёр очумело глядел на меня и «мою любимую девушку», выражал готовность помочь, но... «Но» перевешивало остальное.

Наступил вечер, полемический пыл Семёна угасал. Он уже был готов признать поражение, как вдруг засветила удача: в последнюю на сегодня группу отобрали 19 человек и образовалось вакантное место, не два, не три, именно одно. Семён воспрял духом и с удвоенной энергией насел на волонтёра. Тот согласился включить Оксану. Чудо свершилось.

Через час она вышла из таможни, имея на руках форму I-94 («белую карту») и свой украинский паспорт. По гуманитарному паролю въезжала в страну на год. Интервью, по её словам, прошло спокойно, вопросы несложные, офицер был к ней расположен.

— Поздравляю с прибытием в Соединённые Штаты! — торжественно возвестил Семён. Мы с Оксаной наконец-то расцеловались. Щека её пахла ветром украинских степей, придумал я дурацкую фразу. Радость переполняла меня, озноб исчез.

Мама Надя ждала с ужином. Она обняла Оксану, показала её комнату с душевой. Сели за стол, отец открыл шампанское, озорно хлопнул пробкой, удар пришёлся в потолок, пробка срикошетировала, попав в Оксану — её передёрнуло. Семён понял неуместность озорства и извинился.

Тост за гостью в связи с осуществлением задуманного предложил я. Тост получился длинный, не очень складный. Я тоже устал, было не до красноречия.

Отец пробовал развлекать, выдал коронное: «Вы спрашиваете, что мы будем сейчас делать? Мы будем захватывать аэродромы и бомбить Кремль» — «Но это авантюра!» — послушно отреагировал я. — «Зато масштабная!» Оксана расхохоталась...

Ужин состоял из разных закусок и курицы на гриле с пюре. Семён уморительно рассказывал маме Наде, как пудрил мозги главному волонтёру. Оксана ела молча, мне показалось, более всего ей хочется остаться одной. Я её понимал. Оживилась, лишь услышав любимое присловье Семёна: «Как говорит Арестович, мы боремся, друг друга поддерживаем и верим в ВСУ. Слава Украине!»

«Героям слава!» — мы дружно, в один голос.

Я ночевал в комнате, в которой жил почти с самого рождения. Комната была детской, с игрушками и маленьким телевизором, где я смотрел любимые мультики. Сегодня от прежнего облика остались телевизор и прикреплённая к стене круглая мишень для метания дротиков. Самих дротиков я не обнаружил, иначе не отказал бы себе в удовольствии посоревноваться с прежним Кириллом — когда-то считался мастаком по игре в дартс. Увы, впасть в детство не удалось, а жаль.

Я предпочитал засыпать на левом боку. Едва щека прикоснулась к холодной подушке, как события сегодняшнего суматошного дня канули и я отключился. Единственно, подумал: в жизни моей, ясной и логичной, наступает перелом. В соседней комнате находится моя девушка, которая покуда таковой не является, её присутствие слегка будоражит.

На следующий день мы оказались предоставлены сами себе. Отец уехал показывать дома возможным покупателям, мама Надя направилась в фехтовальный клуб, она владела им вместе с Семёном. Та ещё морока, однако родители увлечены новым для них бизнесом, не приносящим больших денег. Мы с Оксаной позавтракали и отправились на прогулку.

Дом наш граничил с парком, где буйствовала субтропическая растительность — эвкалипты, кактусы, пышные кустарники, росли дубы, клёны, цветы, чьих названий я не знал. Извилистые тропинки вели вглубь, минуя изящные мостики над ручейками и крохотными водоёмами, в листве мелькали птицы причудливого раскраса, иногда слышались затейливые трели — в общем, красота неописуемая. Оксана, против ожидания, не выражала эмоции.

Присели отдохнуть на парковую скамейку, я несмело обнял спутницу, она скосила глаз и придвинулась.

— Чем намерена заняться в Нью-Йорке? — спросил я.

— Не знаю. Не думаю об этом сейчас. Подумаю об этом завтра.

Из ответа я понял, что «Унесённых ветром» она читала достаточно внимательно.

— Есть смысл оформить нужные бумаги и пойти учиться, подтверждать диплом. Английский у тебя приличный, проблем не возникнет. Уйдёт несколько лет, зато потом — отличные перспективы.

Произнёс и смутился: казённо звучит, будто не я сказал, а опытный бюрократ-советчик, знающий все ходы и выходы. И в ответ получил:

— Кирюша, не надо о делах. Потом, потом... Звонила домой — Киев опять бомбят. Волнуюсь за своих.

Я прижал её к себе. Молча сидели минуту-другую.

— У нас каштаны цветут. Знаешь, как красиво весной на Подоле? Молодые деревца на обочинах, старые деревья во дворах. Под бомбами, ракетами... Что от них останется...

— Успокойся, прошу тебя. Ты — здесь, сейчас, со мной, над нами мирное небо.

— От этого не легче. Даже тяжелее. Чувствую себя предательницей. Наши ребята на «Скорой» людей спасают, а я цветочками и птичками наслаждаюсь.

— Не психуй. Родители твои счастливы, что вырвалась из ада. Пускай тебя это утешает.

— Эх, Кирюша, хороший ты парень, но многого не сечёшь.

Весь следующий день отец посвятил нам, вернее, Оксане — знакомил с городом, показывал красоты. Начал с Бальбоа-парка и зоопарка, продолжил в Sea World — океанариуме со знаменитым шоу китов. Обычно путешественники растягивают удовольствие на три дня, он уложил в один и основательно нас уморил.

Обедали в дивной забегаловке на берегу залива только что выловленными лобстерами и морскими ежами. Оксана училась есть: алюминиевой ложкой вытягивала желтоватую икру из панциря ежа и запивала пивом из бумажного стаканчика. Никакого кулинарного изыска и высокого сервиса, зато безумно вкусно.

На крыше забегаловки за нами пристально следили чайки — крупные и наглые, шкодливые и вороватые, от них я знал, можно было ожидать чего угодно. Не успел опомниться, как чайка спикировала и выхватила кусок лобстера чуть ли не изо рта Оксаны. Та охнула, импульсивно двинула рукой и опрокинула стакан с пивом. Через мгновение хохотала вместе с нами. Впервые показалось — ей хорошо с нами в замечательном городе, быть может, лучшем в Америке. И моментально, слабым ударом тока, вспомнил дедово: «В таком городе хорошо удавиться». У него имелись резоны так написать, я понимал, прочитав исповедальный роман, тот, в котором Она, Ляля и многое другое щемящее.

Вечером усталость дала о себе знать — сморившись, мы разошлись по своим комнатам.

Меня разбудила телефонная трель. На часах была полночь.

— Извини, что разбудила. Не могу заснуть. В Киеве десять утра. Никак не приспособлюсь к новому времени. Если хочешь, приходи, поболтаем.

Я сбросил оцепенение сна, накинул халат и через минуту на цыпочках вошёл к Оксане. Она лежала, натянув одеяло к подбородку. Руки безвольно раскинулись поверх.

— Садись, — указала место на кровати. — Прости за звонок. Хочется кого-то видеть рядом.

Я инстинктивно взял её правую руку, приблизил ладонь и поцеловал. Она не отдёрнула, я держал ладонь и покрывал короткими поцелуями. Так мешкотно падают капли дождя в преддверии ливня.

...Не могу воспроизвести наш дальнейший разговор, он совершенно испарился. И разговора как такового, скорее всего, не было — отдельные обрывистые бессвязные фразы. Я наклонился и впился в Оксанины губы. В животе моём порхали бабочки или нечто подобное. Я ничего не соображал.

О том, что произошло далее, умолчу. И так понятно. Не стану тратить слова. Во-первых, я не писатель и таковым не буду, а, во-вторых, памятую дедово предупреждение в книге, выпущенной незадолго до смерти: кто бы ни живописал постельные сцены, мужчина или женщина, к какой бы форме изложения не прибегал, грубой или нежно-игривой, получится скверно, пошло и смешно одновременно. Не случайно вручают литературные антипремии за худшее описание секса и нет премий за лучшие описания. Я помнил этот пассаж наизусть. Неужто камешек и в свой огород самокритично закинул? Я не вполне согласен с дедом — у нескольких писателей и у него самого соития освящены таинством и вовсе не выглядят пошло. Но в данный момент даже не попытаюсь отобразить нашу с Оксаной внезапную близость.

11

Утро у меня выдалось свободным — отец играл в теннис в Дель-Маре, Оксана изъявила желание поехать с ним, и пока он на корте, побродить в одиночестве по берегу океана; если вода не холодная, искупаться.

Воспользовавшись возможностью, я отправился навестить бабушку Таню. Жила она одна на гособеспечении, в маленькой удобной почти бесплатной квартире, в получасе езды от Семёна. Бабушка водила «Фольксваген», машина здорово выручала: имея проблемы с коленями, бабушка пешком передвигалась с трудом, опиралась на walker — «ходунок», как называла его. За рулём чувствовала себя независимой, уверенной в себе.

Мне повезло — в моём воспитании принимали участие обе бабушки. Они были совершенно разные, по мере взросления я находил в милых старушенциях немало того, что вызывало улыбку, я любил их и снисходительно относился к их стремлению *правильно* меня воспитывать.

Бабушка Вера предпочитала строгий подход: её коронное *«рассвинячиться»* относилось к моему упрямому нежеланию сидеть за столом прямо, неумению есть не спеша, делать выбор в пользу макарон и пельменей, которые мог потреблять ежедневно, игнорируя овощи и фрукты. Я и сейчас предпочитаю пельмени любой другой повседневной пище, хотя считаю себя гурманом, знающим толк в кухне разных стран, благо Нью-Йорк даёт возможность испробовать всё на свете. Но пельмени — моя слабость.

Бабушка Таня принимала мои кулинарные запросы с пониманием и не перечила.

Бабушка Вера видела меня учёным. Когда-то работала в академии наук Молдавии и с тех пор считала научное поприще самым престижным. Бабушка Таня не видела меня ни учёным, ни спортсменом, ни ещё кем-то — главное, по её словам, быть хорошим, порядочным человеком. Тем не менее, некоторым фехтовальным успехам радовалась от души, а когда меня приняли в Гарвард и закончились месяцы неопределённости и нервотрёпки, светилась от счастья.

Доброта, мне кажется, была её основным качеством. И терпимость — редко кого-то осуждала, даже если человек этого заслуживал.

Открытая конкурентная борьба за завоевание моего расположения между ними не велась, каждая считала, что внук внимает только ей и следует только её пожеланиям и указаниям. Внутри, конечно, скрытая от посторонних глаз борьба существовала, однако никто не переходил грань дозволенного. Таня уступала чаще в силу незлобивого характера.

Бабушка Вера, к сожалению, не смогла увидеть плоды своего воспитания — умерла она незадолго до моего поступления в колледж. Обожавшая её моя мама Надя невероятно страдала. В Вериной комнате (она жила с дочерью и зятем Семёном) всё оставалось так, как при жизни.

Таня засветилась при моём появлении, заковыляла навстречу, забыв про «ходунок»:

— Наконец-то я внучика вижу! Выглядишь отлично, форму спортивную не потерял, может, немного поправился.

Она расцеловала меня.

— Садись, рассказывай. А потом супчика моего грибного отведай — специально готовила. Сёма супчик этот обожает, думаю, и тебе понравится.

— Супчик в десять утра? — улыбнулся я. — Ну ты, бабушка, даёшь...

— Ладно, о еде после. Как живёшь в своём далеке?

— Нормально. Работаю, в основном. А как ты себя чувствуешь?

— Хорошо. Только колени подводят. Пока могу водить машину, не страшно, сама себя обслуживаю, езжу в магазины, в бассейн — в воде мне легче. Ладно, что обо мне... Ты лучше поведай, что за девушка появилась, Оксана, кажется? Покажешь её? Серьёзно у тебя или так?

— Пока не знаю. Она из Киева, сама знаешь, что в Украине творится.

— Знаю, Кирюша, а чего не знаю, Сёма просвещает. Папа твой молодец, людей оттуда спасает.

— Вот и я пытаюсь.

Привычно оглядел бабушкину небольшую гостиную — книги, везде книги. Дед перед эмиграцией отправил сотню посылок с изданиями, занимавшими место в домашнем хранилище. Однажды, рассказывал, выкупил целое купе поезда в Минск и набил его литературой. Отправки из Белоруссии в Калифорнию обошлись вдвое дешевле, чем из Москвы. Таня воссоздала московскую библиотеку, а Семён, взяв из отцовской коллекции лишь некоторые сочинения классиков, собрал свою.

Книг у отца более тысячи, целую стену рабочего кабинета занимают, от пола до потолка, лестничку приспособил, чтобы в верхнего яруса доставать тома, коль понадобятся. Чего только нет, включая художественные альбомы, на самом верху — Britannica... Напомню: на первые деньги молодой иммигрант Семён Диков купил полный комплект энциклопедии, чем потряс новых американских знакомых. Сидит на кассе в «Макдональдсе», 5.75 в час, даёт фехтовальные уроки, учится на курсах риэлторов, Таня обихаживает двух старух-американок, работает сутками, без сна, старухи тяжёлые, ночью колобродят — денег, сами понимаете, в обрез — и тратятся две тысячи баксов на энциклопедию...

Отец — своеобразный книгочей, исповедует принцип: интеллигент не читает, он перечитывает. Любимые Чехов, Бабель, Булгаков, Гашек. Часто я наблюдал: отец принимает ванну, нежится с книгой на русском — по-английски не чувствует аромат фразы, по его признанию, хотя языком владеет свободно. Страницы чуть обрызганы, его не смущает — не беда, обсохнут. Тексты прочитаны миллион раз, самые смачные места постоянно цитирует. Того же Беню Крика. «...ошибаются все, даже бог. Разве со стороны бога не было ошибкой поселить евреев в России, чтобы они мучались, как в аду? И чем было бы плохо, если бы евреи жили в Швейцарии, где их окружали бы первоклассные озёра, гористый воздух и сплошные французы?»

Или такое, это уже Гашек. «У меня, как говорится, очень развит талант к наблюдениям, но только когда уже поздно и когда неприятность уже произошла». «В сумасшедшем доме каждый мог говорить всё, что взбредёт ему в голову, словно в парламенте» (Семён иногда заменял последнее слово на «Думу» или «Конгресс»). «Куда же вы, идиоты, стреляете? Там же люди!» Завершал отец цитирование Гашека следующим пассажем: «Никогда так не было, чтобы никак не было».

У Булгакова он обожал: «Это водка? — слабо спросила Маргарита. Кот подпрыгнул на стуле от обиды: — Помилуйте, королева, — прохрипел он, — разве я позволил бы себе налить даме водки? Это чистый спирт!» «Интереснее всего в этом вранье то, что оно — враньё от первого до последнего слова». Высказывание Воланда отец повторял, едва на экране CNN или Fox появлялся Путин и открывал рот.

Слегка переиначивал Чехова, повторяя каламбур советской действительности: «Краткость — сестра таланта и тёща гонорара». В присутствии Нади, особенно в застолье, изрекал: «Женитьба интересна только по любви; жениться же на девушке только потому, что она симпатичная, это всё равно, что купить себе на базаре ненужную вещь только потому, что она хороша», — и игриво нацеливал глаз в сторону моей мамы...

... — И всё-таки, что за девушка, как ты с ней познакомился? — наседала бабушка.

— По переписке. Сейчас так принято.

Ответить на вопрос по поводу Оксаны, начать объяснять, откуда ноги растут, приоткрыть завесу относительно её появления означало увязнуть, как оса в сиропе. Лучше промолчу. А Таня не унималась:

— Жениться думаешь? Не рано ли? Ты не нагулялся. Для мужчин это важно. Впрочем, некоторые гуляют всю жизнь, — и осудительно поджала губы.

Почудился намёк. Я понял, кого имеет в виду.

— Ничего я не собираюсь. Поживём — увидим. Ты мне лучше кое-что расскажи...

— Что именно?

— Про деда. Про ваши отношения. Я прежде не спрашивал.

— Зачем тебе это?

— Жизнь его интересует. Во всех подробностях. Я, бабушка, писать о нём собираюсь.

— Ничего себе заявочка... Ещё один сочинитель выискался, Дед твой всё о себе в книжках поведал.

— Нет, Таня, не всё. Как у каждого, секреты имеются. Я пытаюсь разгадать.

— Да зачем тебе это?! — повторила возбуждённо и окинула новым, незнакомым взглядом.

— Я, бабушка, через него хочу лучше узнать всех нас, нашу семью, понять время, в котором вы жили. Но главное — понять его, его судьбу, творчество. Это очень важно для меня, поверь. Я ведь его внук, на мне тоже наверняка что-то отразилось.

— Хм... — вздохнула и закивала неизвестно чему. Каким-то своим мыслям. — Ну, спрашивай, коли есть охота.

И потёк разговор, соткался из лоскутов, обрывков разных историй, былых недомолвок и недосказанностей, будто распахнулись дали и предстали незнакомые очертания некоего града Китежа.

Как встретились случайно у памятника Грибоедову возле метро, в начале Чистых прудов, познакомились и завязались отношения. Свидания проходили в «доме крестьянина» на улице Мархлевского, Даня снимал там полуподвал. Таня вспомнила сенной матрас, откуда труха сыпалась.

«Ты наверняка читал об этом стремном месте в повести. Кстати, там несколько браков родились... Ну вот, добредали твои юные дед и бабка до Покровских ворот, где я жила с мамой и сводной сестрой, обнимались, не в силах расстаться, и стояли подолгу, точно влюблённые лошадки. Так пару лет прошло... Наступил момент, повёз меня Даня знакомиться с родителями. Отец сразу принял, мать — в штыки. У неё свои планы на сына имелись. Краем уха услышала я про какую-то Розу толстожопую (прости!) с коровой, жившую неподалёку. Доре она нравилась. И про журналистику слышать не хотела, видела сына инженером на секретном заводе. Отпускать от себя не хотела, толкала в заочный вуз при заводе. Даня нашёл силы и ушёл из дома, переехал в Москву. Тяжёлая ему молодость выпала — безденежье, полуподвал...

После свадьбы сначала в коммуналке жили, с мамой моей и сестрой. Даня в газете успешно работал. Через год купили маленькую квартиру кооперативную, две комнаты, распашонка, как их называли. Сеня родился. Тесть мой, Иосиф Давидович, светлый человек, умер, свекровь осенью и зимой жила у нас, летом — в Раменском, как на даче. Нелегко приспосабливались друг к другу, иногда кочетами сходились на кухне. Кочет — это петух, поясню для тебя. Пообвыкли, притёрлись. Дора мне помогала, воспитывала внука, я могла работать. Даня в газете вкалывал, вся Москва его читала, о писательстве тогда не помышлял — надо было семью кормить, а не романы сочинять с туманной перспективой напечатать. Кстати, его тексты набирала я — он машинкой не пользовался.

Таня рассказывала без перерыва, я концентрировал внимание, стараясь ничего не упустить.

— Сёма оставался на попечении бабушки. Был случай. Возврашаюсь с работы, полные авоськи продуктов — это такая сетчатая хозяйственная сумка, подхожу к дому, поднимаю голову и застываю: окно одной из комнат нашей квартиры раскрыто, Сёма стоит на подоконнике, покачивается, Доры рядом нет. Я на седьмой этаж мигом взлетела. На цыпочках подкралась к окну, чтобы сына не испугать, — ему и двух лет не было — и схватила в объятия. А Дора чай пила на кухне... Ты представляешь?! Ну, я ей выдала...

Она в Сёме души не чаяла — это правда. Умиляла картина: сидят за столом, Дора нежно щиплет тыльную сторону ладошки внука и приговаривает: «цип-цоп эмерл, кум цу мир ин кемэрл...» Или «Индик, индик, вэн из Пирэм?» — «Удэр, удэрай!» Еврейские выражения. Первое расшифровывается: «цип-цоп молоток, заходи ко мне в каморку...» и есть продолжение, не помню. Второе — подражание индюшке: «Индюк, индюк, когда будет Пурим?» — «В месяце Адир!» Пурим — это еврейский праздник, весёлый.

Свекровь всякие мансы внуку рассказывала, тот в оба уха слушал. Например, как воровала груши в саду ксёндза, или о наводнениях на Днестре, когда река разливалась и затопляла близлежащие в воде улочки местечка.

— Кое-что из рассказов этих в сагу семейную вошли, помнишь?

— Конечно, помню. Даня — удивительный писатель, не находишь? Ты ведь с русским языком нынче дружишь, многое Данино читал. Читатели наверняка думают — придумал всякое разное, воображение включил. Ничего подобного — многое из жизни брал, всамделишное, что на самом деле происходило.

— Бабушка, почему вы с дедом расстались?

— Ох, куда тебя понесло... — нахмурилась, поскучнела. — Как тебе сказать... Совсем откровенно: Даня двумя жизнями жил — одна для семьи, другая — для себя, мне там места не находилось. Терпела, поскольку любила. Смысл существования видела в сыне. Дай бог, чтобы у других родителей были такие сыновья! — с нажимом. — Дане предложили редакторскую работу в Нью-Йорке, он уехал из Сан-Диего. Звал меня с собой, я отказалась. Хотела быть с сыном, помогать, чем могла, он тогда женат не был... Даня всё понял, и мы расстались. Отношения добрые сохранили. Семён вначале не простил отъезд, полгода не разговаривали, потом помирились. Понял: отцу в Нью-Йорке хорошо, значит, так тому и быть.

Между прочим, Даня предрёк сыну женитьбу на Наде. Увидел её у бассейна — мы тогда в новый многоквартирный дом переехали и не знали соседей — и сказал: «Вот твоя будущая жена». Ни словом до того с ней не перемолвился, а угадал... Такие браки — один на тысячу. Я не слышала, чтобы они ссорились. Мудрец сказал: «Часто браки распадаются из-за того, что жена видит в муже отца, а муж в жене — мать». У Семёна с Надей всё правильно выстроено. Сын мой вообще клад — столько лет с прожить с тёщей в миру и ладу — других таких примеров не знаю. Тебе, Кирюша, с родителями повезло...

У меня с Надей ровные, уважительные отношения, без сюсюканья. На дне рождения невестки я в тосте высказалась: «Когда мой сын женился, я думала — как девушке повезло, а теперь говорю со всей ответственностью: как повезло моему сыну!»

Таня долго расписывала достоинства моей мамы: терпение, тонкое умение не лезть в дела мужа и одновременно быть в курсе всего; не преминула упомянуть Надину страсть к танго — дважды специально ездила с мужем в Буэнос-Айрес. «Танцует дважды в неделю в клубе поклонников танго, любой муж забеспокоился бы, заревновал, мог запретить посещать танцульки, а Сёма абсолютно спокоен, уверен в жене...»

Я слушал и, как просила бабушка, мотал на ус (чудесное русское выражение). Подумал: мне трудно будет жениться. Сможет ли Оксана стать такой же опорой как Надя? Сможем ли понимать друг друга с полуслова, полувзгляда? Стоп, о какой женитьбе идёт речь? Ещё не о чем говорить.

12

Нью-йоркская моя жизнь с появлением Оксаны изменилась. Посещение баров по выходным в компании друзей стало нечастым. Она навела порядок в моей студии. Еженедельная уборщица получила отставку, в итоге я экономил в месяц триста долларов. Оксана вытирала пыль, пылесосила, стирала, гладила, я помогал по мере возможностей. Постель теперь была аккуратно застелена, майки, трусы и носки не валялись где попало, туфли занимали положенное им место. Оксана ограничила потребление пельменей — в доме имелась приготовленная ею пища. Иногда баловала настоящим украинским борщом.

Она подала заявление на получение номера Social Security и права на работу. На водительские права решила покуда не сдавать — машина в Нью-Йорке у меня отсутствовала, особой необходимости в ней не было, сабвэй исправно возил. Главный вопрос — подтверждение медицинского диплома. Интернет подсказал, как действовать. Я расспросил приятелей, вернее, приятелей приятелей, кто учился в резидентуре или уже освободился от неизбежной многочасовой каторги — и получил ценные сведения из первых рук. Ожидала долгая и муторная процедура: отправка заверенной нотариусом копии диплома в специальную организацию, делающую запрос в Киевский медицинский университет — училась ли такая-то и какие предметы изучала. Требовалось готовиться и сдавать экзамены в USMLE (The United States Medical Licensity Examination). Ответить предстояло на сотни вопросов в ограниченное время. И лишь после успешной сдачи, что редко кому удавалось с первого раза, — начинать поиск резидентуры в госпитале. Без знакомств и связей выглядело почти безнадёжным занятием. На всё про всё могло уйти от трёх до пяти лет. Гуманитарный пароль действует год. Можно продлить, но кто знает, сохранятся ли правила. Война, в конце концов, может закончиться, благорасположение иммиграционных властей к украинским беженцам — претерпеть изменения.

Самый простой путь — заключить брак — нами покуда не рассматривался.

…Что-то мешало решительному нашему сближению. Передо мной возникали разные Оксаны — одна рядом, обсуждала насущные дела, делила ложе, убирала, готовила, другая становилась холодно-отчуждённой, незнакомой, колючей, едва касалась войны. Казалось, винит меня, жалеет о приезде, и не во мне проблема, а в ней самой, сдавшейся обстоятельствам. Я гнал непрошеные мысли, они не хотели уходить, топтались у порога, как наглые коллекторы — выбиватели долгов, будоражили. Пробовал объясниться — и натыкался на стену.

Она звонила родителям и друзьям почти ежедневно, не вылезала из Сети, сайты украинских новостей стали её повседневным чтением. Мы разговаривали вечерами, ибо иного свободного времени не было, слова её окрашивались горечью и тревогой. Киев и Харьков бомбили, опустошённые Буча и Мариуполь вставали призраками кошмара, окончание войны не проглядывало. Бродя по квартире в халатике, невольно демонстрировала шрамики на голени — следы ранения. Иногда сидела перед телевизором нога на ногу, и тогда шрамики были ещё более заметны. Ловила мой невольный взгляд и, сжав губы, отвечала в упор, как бы с вызовом: да, участвовала в войне, получила ранения и горжусь этим.

В постели она становилась сама собой — нежной, ласковой, порой развязной и дерзкой. Компенсация за горечь и тревогу?

— Дедушка твой был очень сексуальный, — однажды обронила.

— Откуда ты знаешь?

— Догадалась, прочтя роман. Особенно одно место.

Она приоткрыла карты — сцена с Лялей мимо неё не прошла, да и не могла пройти.

— Ну, и твоя бабушка соответствовала.

— Мама говорила, у Ляли хватало поклонников, однако замуж не рвалась. В ней каких только кровей не намешано: русская, украинская, польская, думаю, есть и капля еврейской.

Она твоего дедушку любила, он, похоже, отвечал взаимностью. А как у нас с тобой, внуком и внучкой?

— Тебе виднее.

— Что значит «виднее»? Мы любим друг друга или просто сношаемся? — намеренно огрубила вопрос.

— Как сказал философ, ядро всякой ревности составляет отсутствие любви. Я тебя не ревную, следовательно...

— Не даю поводов. Когда дам, тогда и поглядим.

— Меня ждёт завидная перспектива.

— Будь готов.

...Оксана объявила — ей неловко брать у меня деньги, она хочет зарабатывать сама. Несколько часов бродила по Ист-Виллиджу в нижнем Манхэттене, в средоточии украинских бизнесов, ресторанов, магазинов, лавочек, присматривалась, приглядывалась. И нашла место официантки в Veselka на Macdoughal street. Я категорически возражал, прекрасно представляя, что это за работа и скольких похотливых взглядов она, фигуристая, удостоится за смену. Пшеничные волосы её отросли, стала носить длинную косу, смотрелась, несмотря на умеренное использование косметики, яркой, сексапильной. Мои доводы в расчёт не принимались, и она вышла на работу.

— Veselka сулит мне весёлую жизнь, — попробовал пошутить.

— Каламбур неудачный, Veselka на украинском — «радуга», — парировала.

Продержалась она в ресторане несколько дней. Уволилась, не назвав причину. Я перевёл дух.

Идея самой зарабатывать не покинула её, нашла магазин по продаже вышиванок, писанок, украинских флагов и флажков. Хозяйка, пожилая украинка, давняя иммигрантка, распознала в гарной дивчине с косой хорошую помощницу. Торговля шла бойко. И я смирился.

Этим не ограничилось. Дважды в неделю Оксана с согласия хозяйки уходила из магазина днём и ехала на сабвэе в Бруклин, к чёрту на кулички — на Stillwell Avenue. Здесь в доме 2777 располагался один из волонтёрских центров помощи Украине. Оксана помогала комплектовать грузы для отправки, определяла, какие лекарства и оборудование необходимы именно сейчас. Возвращалась заполночь, усталая и довольная.

Подготовку к медицинским экзаменам она игнорировала — не имела ни сил, ни времени. Я считал это ошибкой, она не реагировала на мои осторожные реплики. Стоило же нажать, поговорить резко и даже агрессивно, как мы впервые поссорились и не разговаривали неделю. В постели она поворачивалась ко мне задом, на мои примирительные прикосновения не отвечала, оставалась бесстрастно-холодной, будто латексная кукла.

Как я отношусь к войне? Спрашиваю себя, копаюсь в чувствах и не нахожу внятного ответа. То есть ответ есть, но не устраивает полностью. Внутри себе не договариваю, словно стесняюсь обнажиться. Вычитал у Лителла, не его слова, отсыл к чьему-то высказыванию: «Многие войны начинаются по веским, благородным причинам, но очень плохо заканчиваются»... Эта война даже началась по плохим причинам. Получилось очень тупо, поскольку для этой войны нет никаких оснований, кроме желания России «нагнуть» Украину. Так он высказался.

Я, конечно, не историк, не спец по военным делам, однако в Гарварде мне привили стремление докапываться до сути. Я не знаю войн, начинавшихся по веским, благородным причинам. Не знаю — и точка. Эта война произросла из безумия особого рода: один человек, упивающийся безграничной властью, возомнил себя великим правителем, везунчиком, нигде ни от кого не встречающим отпора, потакающим выдуманным им самим идеям, а дальше — обиды социопата на весь мир, непомерные амбиции, жажда разом расквитаться с западными лидерами, коих считает ничтожествами (отчасти прав!). Воюют обычно с соседями, тем более, непокорными, мечтающими о долбаной свободе и хре́новой демократии. И началось... Думал — легче лёгкого получится, ан нет, крепко по зубам получает. Потому и злобствует, зверствует, для него самое желанное — побольше украинцев уничтожить и вообще, ликвидировать ненавистное государство под боком, что сопротивляться вздумало и делает это успешно...

Ладно, хватит философствовать, ничего нового не открою. В голове навязчивый образ — параллельные прямые, они, как известно, не пересекаются, но Лобачевский иначе рассудил. Я — о немецком и русском фашизме. Пересечение очевидно...

...Вечером 9 мая Оксана появилась возбуждённая, с бутылкой шампанского.

Я выразил крайнее недоумение, можно сказать, растерялся:

— Будем праздновать российский День Победы?

— Ты спятил? Подписание Байденом закона о ленд-лизе! Для нас, для Украины! Ты в курсе?

Я, конечно, знал. После решения Конгресса президенту оставалось только выполнить формальный акт, что он и сделал. Дата подписания была выбрана издевательски — Путин того стоил.

Мы выпили брют. Оксана хохотала, носилась по комнате, такой я её прежде не видел. Нашла на youtube песню на украинском, включила полный звук. Начало я усёк: «Геть с Украины, москаль некрасивый. Геть, геть, геть!» — певица надсаживала грудь. Песня разудалая, рефрен «Геть!» звучал, как удар бичом. Оксана подпевала по-русски, специально для меня: «Ой на горе москаля ждут, а под горой, оврагом-долиной, ВСУ идут, ВСУ идут!»

Патриотическая песня мне не понравилась, Оксане об этом я не сказал.

— Ленд-лиз — это ведь здорово, правда, Кирюша? Ход войны может в нашу пользу обернуться, — в горящих глазах плескалась одержимость. — Только бы не тянули с вооружением, дали обещанное и побыстрее.

Я согласился, оружие необходимо, и слегка поддел:

— А ты Запад критикуешь — то не так, это не так.

Подобное изредка проскальзывало.

— Мой дорогой, твой Запад помогает, потому что в нас поверили, украинцы на славу воюют, бьют Орду; в противном случае помощь только снилась. Запад полагал: долго страна наша не продержится. Готов был отдать нас на расправу. Байден предлагал Зеленскому помочь в бегстве, а тот пригвоздил: «Мне оружие нужно, а не такси»... Возьми Дракон Киев, как мечтал, в три дня, и смирились бы ваши политики, удовлетворились санкциями и перевели дух, успокоили совесть. Слава богу, война закончилась. На Украину им плевать — сдайтесь на милость победителя и живите под гнётом. А мы не сдались.

— Сама вывод такой сделала?

— Кое-что умное прочла, отрицать не стану, ну, и своим умом допёрла, не дура. Давай ещё раз выпьем за ленд-лиз.

Высказанное Оксаной буравчиком ввинчивалось в меня, подобные оценки я слышал от отца. Семён даже более категоричен. Два совершенно разных человека мыслят похоже, в этом некая загвоздка. Возможно, верно рассуждают, но я не в состоянии безоговорочно принять их правоту. Все-таки остаётся робкая вера: не могут политики быть столь циничными. Или я наивный, легковерный, питающийся иллюзиями чудак?..

Мы выпили остатки шампанского. Я пытался воспринять энтузиазм Оксаны — не получалось. Это была *не моя война*. Во мне отсутствовала боль и ярость подруги, не клокотала ненависть — для этого я должен был увидеть и испытать весь ужас происходившего за тысячи миль, но я жил в благополучном Нью-Йорке и трагедию миллионов незнакомых людей воспринимал не как личную, а скорее как общечеловеческую. Это было совсем разное восприятие.

— Власти не советуют возвращаться в Киев, — вырвалось у неё, когда мы готовились ко сну. — Но комендантский час сократили.

— К чему ты об этом? Собираешься вернуться? — изумился я.

— Нет, конечно. Тем не менее... — не договорила.

Я не стал уточнять.

13

Позвонила двоюродная сестра матери Оксаны и пригласила в гости. Жанна обитала с мужем Володей в Нью-Джерси. Оксана рассказала: с тётей виделась единожды, когда та приезжала в Киев. Знала о её семье немного. Эмигрировали в конце 80-х, Володя, толковый инженер, быстро нашёл работу в фирме, устанавливавшей промышленные кондиционеры, Жанна, по специальности экономист, переучилась на бухгалтера. Воспитали сына и дочку. Марина сообщила родственнице о приезде Оксаны, Жанна изъявила желание увидеть её, так что придётся нанести визит вежливости.

Из Оксаниных слов я понял: отношения с этой семьёй у киевлян Броварских довольно формальные.

Поездом с Пенсильванского вокзала за сорок минут мы добрались до Linden, у станции нас встретил Володя на серебристом BMW. Коренастый, обрюзгший, с выпирающим животом, лет под 70, он окинул нас вкрадчиво-хитрым взглядом, в дороге поинтересовался, где я работаю, доволен ли заработком и какие планы строю. К Оксане обратился одной короткой фразой-констатацией: «Ваши — молодцы, дают русским по рогам. Честно, не ожидал...»

Одноэтажный дом выглядел свежим, ухоженным, впечатление усиливалось белой кожаной мебелью, светлыми паласами и вместительной кухней со шкафами тоже белого цвета.

Жанна, маленькая, вёрткая, облобызала племянницу и заодно меня, затараторила: «Что же Марина не сообщила о твоём приезде? Мы бы тебя встретили, хотя, конечно, Калифорния не ближний свет».

Быстро накрыв на стол в кухне, она пригласила к трапезе. Еды было вдосталь: солёная сёмга, салат оливье и овощной, язык, копчёная курица, отварная картошка. Венчали стол бурбон и две бутылки итальянского вина, красное и белое.

— Закуски из русского магазина, — пояснил Володя. — Так и называется: «Русский гурман». Пока не переименовали, — осклабился и перешёл к делу: — Предпочитаю виски. А вы, молодой человек, что предпочитаете?

— Наши вкусы совпадают.

— О’кей! Оксана, ты вино будешь или покрепче?

— Вино. Красное.

— Отлично! Жанна напитки игнорирует как класс. Ей апельсиновый сок.

Он разлил спиртное по бокалам.

— Давайте выпьем за приезд Оксаны. Гарна дивчина правильно сообразила: дома под бомбами и ракетами делать нечего, жить стрёмно. Надо менять дислокацию. За тебя, девочка! За новую жизнь в благословенной стране!

Оксане тост не понравился — я уловил по прихмуренным бровям.

Разговор пошёл в одном направлении, хозяева в основном спрашивали, Оксана отвечала. Словоохотливая Жанна уступила мужу право выпытывать подробности. Тот вынудил рассказать о «Скорой», сколько раненых спасла, как ранение получила, очень ли заметны шрамы на ноге. Подруга моя тихо бесилась. Володя не замечал и продолжал допрос. Жанна уловила остроту момента, перебила мужа:

— Что ты пристал к девочке? Не очень ей охота тяжёлые моменты вспоминать. Давай лучше о приятном.

— Например, о чём? — слегка обиделся Володя.

— О планах на будущее. Тебе, милая племяшка, надо врачом становиться. Престижно, денежно. При таком муже, — указала жестом на меня, — сможешь спокойно три года учиться.

— Кирилл не муж.

— Ну, сегодня не муж, а завтра… Дай вам бог создать семью.

Выглядело явным перебором. Оксана скривила рот.

Бурбон начинал действовать. Я слегка захмелел, хозяин — больше, иначе воздержался бы от такого высказывания:

— Украинцы нынче герои, мир на их стороне. Да, я понимаю, война ужасна, однако мы не должны забывать, что творили они с евреями. Кровавый Богдан и прочие казаки-разбойники — в прошлом, истории принадлежат. Но Вторая мировая... Немцы пачкаться не хотели, на расстрелы бандеровцев, оуновцев, мельниковцев отряжали. Тот же Бабий Яр...

— В Бабьем Яру украинцы не расстреливали — это немцы делали, — возразил я.

— Не имеет значения. Украинцы сгоняли несчастных, не давали убежать, охраняли. Мы — евреи никогда не забудем.

— Какое это имеет отношение к нынешней войне? — выдохнула Оксана. — Мы за прошлое не отвечаем, мы тогда не жили, мы отвечаем за память о прошлом, а там и преступное, и героическое...

— Чего ты защищаешь украинцев? Ты же русская, и мама твоя русская, и папа, и Жанна моя — русская.

— Вы, Володя, ошибаетесь. Я теперь — украинка, таковой себя считаю и буду считать. И родители мои так же думают.

— Не люблю я украинцев. Они в Житомире почти всю мою семью истребили. Спаслись только эвакуированные. Забыть, простить? Никогда!

И пошло-поехало... Володя набычился, покраснел, расстегнул нижние пуговицы рубашки — выплыл большой живот. За словами уже не следил: матёрые антисемиты, всегда мечтали избавиться от евреев, числили их жидо-коммунистами, а когда Советы пришли осенью 39-го в западные области и начали арестовывать, расстреливать, в Сибирь отправлять тысячи людей, обвинили в этом евреев, хотя и евреев арестовывали, расстреливали и прочее. Я не соглашался, так как много прочёл по этой теме: в Первую мировую еврейские солдаты и офицеры служили в Галицийской армии и даже еврейский курень существовал. Один из лидеров националистов Евген Коновалец защищал евреев от нападок...

— Шварцбург убил Петлюру, парижский суд его оправдал, и в ответ евреи получили всеобщую ненависть, — упрямо твердил Володя.

— Я повторяю: не надо ворошить прошлое, — повелительным тоном Оксана. — Возьмём резню на Волыни. Пятьдесят тысяч, в основном поляков, убили украинцы. И евреи пострадали. Теперь Польша на нашей стороне, помогает Зеленскому с рашистами бороться. Нынешняя трагедия даёт полякам и украинцам шанс на полное примирение.

— Украинцы, между прочим, боролись с немцами, не сразу, с весны 43-го. Бандеровцы в том числе. Кстати, в УПА служили десятки евреев, — уточнил я.

— Вы знаете историю Иры Райхенберг? — обращаясь к хозяину, спросила Оксана.

— Не знаю никакой Иры, — отрезал Володя.

— Тогда послушайте. Жена лидера ОУН Романа Шухевича Наталья спасла еврейскую девочку. Шухевич помог изготовить новые документы на имя Ирины Рыжко и переправил её в сиротский приют при монастыре. Что вы на это скажете?

— Единичный случай. Ещё проверить надо, не выдумка ли.

— Сколько Праведников мира — вы, разумеется, слышали о таких — так вот, сколько украинцев отмечены этим званием?

— Послушай, я не бюро статистики.

— 2673 человека. Ценой собственных жизней спасали евреев. На четвёртом месте — после Польши, Франции и Голландии.

— А сколько еврейских душ загубили украинцы? Точных цифр никто не знает, но много, очень много, куда больше, нежели Праведников.

— Ответьте, Володя, на простой вопрос, — наседала Оксана. — Если Украина — страна антисемитов, то как могли избрать президента-еврея? Нынешнего и предыдущего. И премьера назначить.

— И сам не пойму, — пошёл на попятный. — Что в мозгах у людей сидит — загадка.

— Вы говорите — нынешняя война вселяет ужас. Чем оправдать убийство детей, грабежи, насилия… Мирное население, оно-то чем виновато? Откуда такая звериная ненависть? Только на российский телеящик, на пропаганду оголтелую свалить или всё глубже, сути народа русского отвечает?

— Это к вопросу, Оксана, отвечает ли народ за прошлое, существует ли коллективная вина, — ввернул я. Подруга моя, против ожидания, промолчала.

— Друзья, я вот о чём думаю: если на миг представить, что не Раша напала, а, наоборот, Украина объявила войну, как вели бы себя жовто-блакитные солдаты: убивали мирных граждан, мародёрствовали, насиловали? — выпалила Жанна.

Мы оторопели.

— Ну и вопросец, — не выдержал Володя и грозно глянул на жену. Та мигом к плите, громыхнула крышкой кастрюли, случайно или намеренно.

Никто ей не ответил. Любые рассуждения выглядели бы неуместно.

Через минуту на столе появилось жаркое. Мы занялись едой. Риторический *вопросец* остался висеть в воздухе. Но, видно, накипело у Оксаны, коль вернулась к моей реплике.

— Ты о коллективной вине спрашиваешь? Из немцев пакость нацистскую выбивали десятилетиями. Я в Освенциме была на экскурсии — тьфу, идиотское слово — экскурсия, — поехала, чтобы самой увидеть, понять, прочувствовать; познакомилась с литературой о фашизме, открылось ранее неведомое. Жителей города неподалёку от концлагеря, забыла название, заставляли трупы жертв эксгумировать из общей могилы во рву и на руках переносить для перезахоронения. Скажете, негуманно, жестоко, бесчеловечно, но по-другому как заразу вытравить? Настоящая *денацификация*, а не та, что упырь кремлёвский в бредовом сне придумал для Украины. Нет у нас никаких нацистов! Они в России привольно живут.

Я глядел на Оксану новыми глазами. Выходит, мало её знаю, девочка с нутром.

— Вы, Володя, не любите украинцев. Ваше право, никто любить нас не заставляет. Какие скандалы, распри раздирали, одна Рада чего стоила, уголовные дела по коррупции, олигархи выгодную им политику проводили, своих сажали на хлебные места. Мрак… Но случилась беда — объединился, сплотился народ, отбросил взаимную вражду, люди самопожертвование проявляют и какое! Народ, оказывается, един, нация существует! А русские… Истинное лицо уродов мир увидел и отшатнулся. Матери не оплакивают погибших сыновей, чуть ли не гордятся ими. Не верю, что их всех заставили так на камеру говорить. Хотя в России всё возможно… Жёны радуются, когда посылки награбленного мужьями получают. Подруги воинов-освободителей советуют избранникам своим побольше насиловать украинских женщин — «только нам не говорите…» Это, Кирюша, на счёт коллективной вины. Недаром писалось: русские на весь свет обижаются, завидуют и ненавидят, сами не живут и другим не дают.

— С коллективной виной не так просто, — возразил я. — По-твоему, немцы поголовно виноваты, что был Гитлер? Тогда все грузины виноваты, что был Сталин, все евреи виноваты, что были Троцкий и Свердлов, и так далее. В Америке нас пытаются убедить, что все белые несут ответственность за рабство. Россия — не только русские, ещё и башкиры, татары, буряты, чеченцы... да и украинцы, живущие там, — все повинны за действия Дракона?

— А ты как думал? Ещё как повинны! Ибо поддерживали его, аплодировали изъятию Крыма, Донбасса, сейчас — за войну.

— Напомню, что Ханна Арендт утверждала. Наверняка имя тебе знакомо. Она принципиально разделяла коллективную вину и личную ответственность.

— Кто такая Ханна Арендт? — Володя раздражённо. Самолюбие его, видно, страдало от незнания.

— Публицист, философ, историк. Процесс Эйхмана освещала в американской газете.

— Кто такой Эйхман, вы, надеюсь, знаете? — сдерзила Оксана. Володя глянул на родственницу чуть ли не с ненавистью.

— Вернёмся к Арендт. Она считает: коллективную вину нельзя распространять на всех. Такая оценка размывает сам факт преступлений, за которые их организаторы и участники должны понести наказание. Виноваты все и вроде никто? Так не бывает. Речь может идти о личной ответственности. Коллективная вина — иное дело, её должно нести именно общество — разными формами, способами. Я в Гарварде по этому поводу в специальном семинаре участвовал...

— Мудрёные вещи. Я в Гарварде не учился, мне по барабану. Лавров намедни залепуху засадил, Зеленского с Гитлером сравнил. У того, говорят, тоже еврейская кровь имелась, а самые ярые антисемиты — часто сами евреи. Израиль на дыбы, разве такое можно говорить... По-моему, ничего такого Лавров не сказал...

— Не имел фюрер еврейской крови — давно неоспоримо доказано. Сукин сын Лавров пытается утверждать, что еврейство Зеленского якобы не должно уводить в сторону от нацификации страны. Творимое русскими и есть натуральный фашизм — не зря их рашистами кличут. Удивляюсь на вас, Володя, — не выдержала Оксана.

— Нам с тобой, дорогая родственница, сложно о чём-то договориться. Ладно, оставайся при своём мнении, а я при своём.

Володя надулся, уткнулся в тарелку с мясом, Жанна вздыхала и бормотала себе под нос, Оксанина горячность явно смутила. Она же не останавливалась, запал должно было истратить.

— Меткое выражение: «Россия — бомба, которую бог бросит в пасть дьяволу». Почти дошли до такого варианта.

— Ребята, ну вас с вашими прогнозами. Давайте жить дружно и не думать о скверном, — прорезалась Жанна.

— Живите, тётя, кто вам мешает. Я — не могу, — и вышла из-за стола.

...Прощаясь, крепко выпивший Володя осведомился, не обиделись ли мы, и удовлетворился ответом: нет, не обиделись.

В поезде задремавшая было Оксана очнулась, толкнула меня, заставила оторваться от мобильника и огорошила:

— Зачем ты выучил русский?

Я не понял, округлил глаза. Вопрос показался совершенно неуместным, даже глупым.

— Как зачем? Прежде всего, чтобы прочесть написанное дедом. Лишь две его книги переведены на английский.

— Лучше бы французский выучил или итальянский. На худой конец, испанский. Только не русский.

— Ты с глузду съехала? (о, какие потрясающие фразы в моём словаре заучены мной наизусть!) Дед писал на русском, вот я и...

— В том и беда Дикова. Незавидная писательская участь. Сочинял бы на английском — мир его мог узнать. А так... — махнула безнадёжно рукой.

— Он в России родился, а не в Америке! Воля судьбы. Многие ли русские на английском романы писали? Набоков, память подсказывает, кто ещё? Стихи Бродского на английском хуже русских звучат — знатоки уверяют. И потом, на русском шедевры созданы, классика мировая...

— Ну, валяй перечислять: Толстой, Достоевский, Чехов... Это прежде было, а нынче забыть следует русский — это язык убийц, садистов, насильников, грабителей. Мы в Украине уничтожаем всё русское, убираем памятники, переименовываем улицы и правильно делаем.

— Сколько же в тебе злости… — только и смог вымолвить.

— Будь ты на нашем месте, люто возненавидел бы ту страну и проклятый язык, уверяю. Надо заставить вас всех пережить войну так, как мы переживаем!

Она снова задремала или сделала вид.

Я понемногу начал сочинять *свою* книгу. Плохо представлял, во что сочинительство выльется, одно знал твёрдо — рассказ пойдёт от лица внука, оценивающего жизнь деда, почему происходило так, а не иначе, как романы и повести рождались в столкновении, напластовании реальных и вымышленных фактов и событий. Я пробовал взглянуть на мир и на самого себя в перевоплощённом виде. Так воздушный шар наполняется гелием, который легче воздуха, и отправляется в небесное путешествие. Я напоминал себе пилота аэростата. Предстояло определить, куда лететь и где приземлиться; касательно же книги — писать по-английски, всё-таки легче, а после отдать на перевод.

Вновь переворошил содержимое заветных чемоданов. И обнаружил кое-что ускользнувшее: клочки бумаги с короткими записями дедовским корявым почерком. Клочки были засунуты в блокноты и почтовые конверты, поэтому сразу не обнаружились. Между тем, в них, возможно, содержался прочувствованный смысл, они выделялись, как белые пятна соли на одежде. Я складывал стопкой и скреплял бумажные огрызки, старался распознать, что дед вкладывал в записи, что и кого при этом видел, представлял. Ну, вот эта: «Никому не дано пытать нас изощрённее, чем делаем мы сами». Или такая: «Встреча с самим собой принадлежит к самым неприятным». И совсем личное: «Чем больше верую во что-либо, тем сильнее подвергаю сомнению предмет своей веры».

Оксана изъявила желание познакомиться с текстами деда. Она ничего о них не знала — ни о «Гетто», ни о советском вторжении в Афганистан, ни об антипутинской трилогии. Знала только роман, где фигурировала Ляля. Возможностей для чтения было в обрез — работа в магазине и волонтерство отнимали силы; читала в сабвэе и иногда дома поздними вечерами.

Я показал ей последнее прижизненное издание деда, в котором он признаётся в недовольстве собой: мог кое-что иначе написать, но не получилось. Оксана прочла залпом, резюмировала: «Дед твой — смелый человек, не побоялся себя в невыгодном свете выставить».

Провела отбор книг по аннотациям и моим рекомендациям, полистала, почитала фрагменты и выделила историю русского иммигранта, выигравшего джекпот 27 миллионов, и первый антипутинский роман с Драконом на обложке, распростёршим крыла над контурной картой России. Два других повествования читать отказалась — по её признанию, само имя Путина вызывало рвотное чувство. Подтверждение я получил, когда она взяла с полки книжку с кричащей обложкой: главный герой летит в огонь на фоне Кремлёвской стены. Демонстративно полистала с брезгливой гримасой и водрузила на прежнее место.

— Роман одновременно вышел в Америке и в Украине, — пояснил я. — Неужели не любопытно познакомиться с двойником Дракона? Дед придумал его, на самом же деле суть романа в том, кого играет двойник.

— Про киевское издание 2015-го вычитала в аннотации. И какая реакция читателей?

— К сожалению, почти никакая. Дед полагал — будет бестселлер, и издатель киевский так считал, на поверку же... Продавался вяло, пара положительных рецензий и всё.

— Не удивлюсь. Не желают наши люди читать про кровопийцу. Ни видеть его гнусную рожу, ни слышать мерзкое имя. Заметь — задолго до войны. Может, и талантливо написано, но не желаю держать в руках!

Я пожал плечами.

Дошла очередь и до других книг деда. Оксана делилась со мной: что-то очень понравилось, что-то средне, а что-то вовсе не по вкусу. Не говорила о сюжете, интриге, героях, акцент делался на фразах, словах, мыслях, показавшихся новыми, смелыми. Так читать деда я не мог — старался ухватить суть, анализировать идеи замысла, а не отдельные моменты. Моя подруга напоминала Семёна — отец тоже любил смаковать фразы.

14

Я знал свою особенность: не выполнив ранее намеченное дело, извожу себя, пока не совершу задуманное. Так было и на сей раз и касалось жёлтого конверта с чернобелыми и цветными снимками, помеченного магической буквой N. Дед и молодая привлекательная шатенка представали в разных интерьерах и на природе, иногда в обнимку. Дед тоже выглядел достаточно молодо, во всяком случае, почти сохранил шевелюру. Оба на фото смотрелись вполне счастливыми.

Судя по датам, проставленным на обороте карточек, происходило после знакомства, бурных отношений и расставания с Лялей. Это многое проясняло.

Кто эта N? Дед не упоминал её в наших разговорах. Собственно, я всерьёз не искал незнакомку, откладывал на потом. И вот срок пришёл.

Я расспросил двух друзей деда, мы были знакомы, по моей просьбе они вспомнили эпизоды общения с ним, споры. Мне показалось, они такие разные, мой дед, Вадим и Роберт. Что их связывало? Наверное, род занятий — все трое были литераторами. Сочинителями, как выразился Вадим — грузный, малоподвижный, с щёткой седых волос на шаровидной, крупной лепки, голове, похожий на бизона. Режиссёр и сценарист, умный, скептичный, редко кого удостаивавший положительных оценок, он имел пунктик: русских иммигрантов, за малым исключением, считал так или иначе связанными с гебнёй. Явно пересаливает по этой части — считал дед, не отвергавший, впрочем, саму возможность такого *сотрудничества*. У нас с ним, помнится, был долгий разговор по сему поводу.

Вадим покинул Москву в двадцать с небольшим лет, поскитался по свету, жил и снимал фильмы в Израиле и, наконец, осел в Нью-Йорке. На поприще кино имел немалые достижения, картины его представлялись на фестивалях, в том числе в Каннах. В последние годы отдавал предпочтение прозе, издал в России весьма занятный, нравившийся деду роман — причудливое переплетение реальных и вымышленных судеб.

Роберт выглядел антиподом, дед описал его в одной из книг: «…цедил слова, небрежно острил и вдруг взрывался, начинал яриться, наскакивать на воображаемого оппонента, заводил себя, захлёбывался словами, на мгновение прикрывал глаза и задирал голову, как молящийся в экстазе, бритый череп с остатками волос по краям покрывался потом, он утирал его салфеткой…»

Роберт в России изготавливал сценарии научно-популярных фильмов, в Америке понял, что этим не прокормишься, и переучился на техника радиационной медицины. Выпустил в Москве несколько художественных книг. Он любил деда и дед отвечал взаимностью — мне это было известно.

Увы, они не смогли удовлетворить моё любопытство относительно N. Роберт видел её однажды мельком, Вадим только слышал о ней; оба читали посвящённые ей страницы интимного романа деда, в котором нет имени главной героини, а есть зашифрованная Она, писавшаяся с заглавной буквы. Кстати, Вадиму не понравились приведённые в книге её письма — считал их слишком заземлёнными, бытовыми, лишёнными романтического флёра.

Ничего толком не выяснив у друзей деда, не найдя координаты дамы-инкогнито, я приостановил поиск. Странно, существовала женщина, сыгравшая в жизни деда особую роль, и будто нарочно спряталась, затаилась, просеилась песком между пальцами.

И тут я вспомнил об адвокатессе Ирине. Дружила с дедом, наверняка кое-что знает о его страстях. Позвоню. В конце концов, ничего не теряю.

Адвокатесса обрадовалась звонку. Поинтересовалась моими делами, девушкой из Киева, вокруг которой разгорелся сыр-бор (имя Оксаны забыла), немного удивилось, что мы до сих пор не оформили брак. Вопрос, знает ли некую N, насторожил, стала выведывать, на какой предмет понадобилась. Пришлось раскрыться: пишу книгу о деде, точнее, пробую писать, опрашиваю близко знавших его.

Ирина призналась: N — её подруга. Сердце моё ускорило бег.

— Я должна спросить её, согласна ли на встречу с тобой.

Через день позвонила. Подруга согласна. С непременным условием — имя её не разглашать. Записывай номер...

Она предложила встретиться в Манхэттене в понедельник вечером. Я согласился и пригласил во французский ресторан в Гринвич-Виллидже. Заведение на Кристофер стрит, с огромными окнами, каменным полом и высокими потолками, я изредка посещал и мог оценить вкусноту блюд. Она замялась: «Может, чего попроще?» «Это же дорого». Пеклась о моих деньгах. Я невозмутимо: «Не имеет значения».

Она пришла без опоздания, я уже ждал её, предварительно зарезервировав столик у окна. Народу было немного. Именно такой я её и представлял, не слишком изменилась по сравнению с фотографиями. Лишь пополнела. Бирюзовый свитер под горло подчёркивал высокую грудь. Она была одета по погоде, выдавшейся в начале мая прохладной — в брюках с кожаным поясом, пиджаке и на каблуках. Демисезонный бежевый замшевый плащ набросила на спинку соседнего свободного стула.

Высокая, холёная, модная шатенка, умело скрывавшая возраст, моложе деда на одиннадцать лет — это я вычитал в романе.

Мы сделали заказ: она — тартар с лососем и икрой и утиную ножку, я — луковый суп, эскарго и баранью отбивную. От вина она отказалась — «я за рулём». Мой выбор пал на бурбон.

— Как прикажете вас называть? Таинственная незнакомка, миссис инкогнито, мадам N или иначе? — начал дурачиться. Сильно волновался, оттого лезли в башку пошло-игривые глупости.

Она взглянула вежливо-бесстрастно:

— Ира сообщила о моём требовании — никаких имён?

Я кивнул.

— Если что-то сможете сочинить, пожалуйста, оставайтесь верны слову.

Во фразе звучало недоверие: «если сможете...»

— Дед завуалировал имя по вашей просьбе?

— Естественно.

Так начался разговор.

Я пытался увидеть описанное в книге её свойство внезапно каменеть зрачками, скулами, ртом, *умирать* лицом. Благоприобретённое, замечал дед, нью-йоркское — в Москве мгновенных перемен в ней не обнаруживалось или он не замечал. Сейчас во взгляде незнакомки сквозила настороженность, никакой окаменелости зрачков я не уловил. Повода нет, подумалось.

Миссис инкогнито (так в конечном счёте окрестил её про себя) осведомилась, зачем я затеял катавасию с книгой. Изволила обидно выразиться: «катавасию». «Даниил всё рассказал о себе в своих произведениях, даже больше, чем нужно, наша история изложена весьма подробно, в целом, правдиво. Для чего вам, Кирилл, молодому современному американцу, с литературой не связанному, копаться в дедовской жизни, разбираться в его пристрастиях, увлечениях, слабостях, поражениях, победах? Для чего?»

Я непроизвольно вздохнул. И впрямь, никому не смог бы внятно объяснить. Некая потусторонняя сила ведёт в лабиринт судьбы, мне кажется, даже уверен — дед не сумел высказаться предельно откровенно, до конца, остался сочинённый искусным криптографом шифр, который следует разгадать. И другое обстоятельство, хранимое мною, ни с кем покуда не делился, дабы не осудили. Сложилось так, что никто по-настоящему не оценил его книги, не поставил в один ряд с теми, чьи писательские имена на слуху. Дед того заслуживает. Ему, конечно, уже всё равно, но не всё равно мне, желающему воздать должное опубликованному Даниилом Диковым. Да, было немало рецензий, статей, главное же не сказано. Разве что стремился бородач Пётр, с которым я познакомился у дяди Генриха, но что он один смог...

Кто ты такой, чтобы взваливать на себя такую ношу? Самоуверенный мальчишка, готовый поспорить с авторитетами. Пусть так. Но прекрасно известно, как делаются имена, и не только в литературе, как служат авторитеты моде, сговариваются одних поднять, других опустить, хлопочут о личном, выгодном им, в конечном итоге, о деньгах. Заикнись в эту минуту об этом, ещё на смех поднимет миссис инкогнито, и правильно сделает.

— Мне интересно этим заниматься, — ответил я. — Если не у близкого человека, то у кого возникнет потребность... Разбирая архив, многое узнал, осмыслил. Чуть поумнел, может быть.

— Я не о литературе хочу говорить с вами. Мне горько, почему мы так и не сошлись, не стали мужем и женой. Не знаю, кого винить больше, Даню или меня. Оба виноваты. Что теперь об этом... Дани нет, я постарела... Дед ваш обожал Пастернака, наизусть знал, великолепно читал, я ему кассету подарила с записями голоса, наверняка найдёте в архиве Дани. Вы, очевидно, не слишком близки к русской поэзии, тем не менее, прослушайте кассету до конца. Не пожалейте времени. *«Я кончился, а ты жива. И ветер, жалуясь и плача, раскачивает лес и дачу, не каждую сосну отдельно, а полностью все дерева...»*

— Дед никогда не рассказывал о ваших отношениях. Я считал, роман весь выдуман, оказалось — существует реальная героиня, вы, то есть. Хитросплетения подлинные... А ещё в Дневнике я обнаружил запись: «По-настоящему я полюбил Н. после её отъезда в эмиграцию».

— Неужели так написал? — приподняла брови. — И раздумчиво, невольно как бы соглашаясь: — Не знаю... Может быть...

Беседа прервалась, словно поезд влетел в беспросветную темь тоннеля. Вынырнул на поверхность через минуту-другую, однако свет показался неярким, зыбким, грустным, в унисон откровению Н.

— Даня писал в смятении духа, не знал, как поступить, многое, увы, от него уже не зависело, моё полное в нём растворение в той, прошлой жизни, в Америке стало исчезать, таять. Объявила — остаюсь с мужем. Вышло жестоко, безжалостно. Резала по живому. Надо было видеть лицо Дани. Мертвенно-бледное, ни кровинки, как на похоронах. Произошло объяснение в моей машине, напротив дома Дани на авеню Z. Он не мог открыть дверцу, рука не слушалась. Сердце переворачивается, едва вспоминаю.

Я молчал.

...О многом мы смогли поговорить. Придирчиво прошлись по страницам книги — миссис инкогнито всё-таки вернулась к написанному. Я не удержался и сообщил мнение друга деда Вадима по поводу её писем — слишком приземлённые.

— Он хотел, чтобы я философствовала, размышляла на вечные темы, про любовь-морковь и прочее? Глупость какая! Так ему и передайте. Речь шла о выживании, сможет ли Даня прижиться в совершенно чужой ему стране, без серьёзной профессии, без языка... Выяснилось — сумел и вовсе неплохо. Кто тогда мог предвидеть?!

Дед не осмелился на главный поступок в жизни. Почему? Не ответит. И я ответа не имею, могу лишь догадываться. В России он был *ведущим*, в Америке безумно страшился стать *ведомым*. Чувствовать неполноценность рядом с подругой, добившейся многого. Но ведь мог связать судьбу с любимой женщиной ещё в Союзе и не решился. Почему? Почему?..

— Помните, Кирилл, притчу о двух лягушках? Жили-были две лягушки, однажды забрались в погреб и угодили в горшок с молоком. Барахтались они, барахтались, одна лягушка сказала: «Хватит! Всё равно нам не выбраться, будь что будет», — сложила лапки и захлебнулась в молоке. Другая продолжала барахтаться, боролась за жизнь и когда совсем выбилась из сил, вдруг почувствовала под лапками что-то твёрдое — молоко превратилось в масло. «О чудо, я спасена!» — воскликнула лягушка и выпрыгнула из горшка. Мораль самая простая. Сколь бы не было тяжело, какие бы не возникали неблагоприятные ситуации, бороться надо до конца.

Я знал эту притчу. Читал на английском. Смысл её принимал как само собой разумеющееся — конечно, бороться до конца. А как иначе?! Но к деду какое имеет отношение?

Словно поймав моё недоумение, миссис инкогнито пояснила:

— Даня как та лягушка — сначала сам, по собственной инициативе, создавал себе трудности, а потом неистово с ними боролся. И в большинстве случаев побеждал, тратя уйму сил и энергии. Только зачем искать неприятности на определённую часть тела?..

Я пытался оценить услышанное. Визави права — прежде не задумывался над этим.

— Люди как лягушки, жизнь их определяет температура водоёма и качество воды.

— Скорее болота, — внесла уточнение. — Кто-то заметил: трагедия талантливых людей нередко в том, что они неумны, а трагедия умных в том, что они обделены талантом.

Она отказалась от десерта: «Лишний вес ни к чему».

Встреча подошла к концу. Я достал из бокового кармана пиджака конверт с фотографией, той самой, где дед и Она на берегу, влюблённые, безмерно счастливые, Она тянется с поцелуем, — и протянул ей. Она не поняла, открыла конверт, извлекла снимок и обомлела.

— Боже мой, как попал к вам?! Я потеряла копию. Мистика — самое дорогое наше с ним фото исчезло бесследно, сколько не искала — тщетно.

— Дарю. Фото принадлежит вам.

— Спасибо! Такой неожиданный подарок... Невероятно! Безмерно признательна.

Мы распрощались. Миссис инкогнито обняла меня и поцеловала. В ресницах блеснули слезинки, почудившиеся бриллиантовыми капельками.

15

С каждым месяцем дед чувствовал себя всё хуже. Мучила мерцательная аритмия, вживлённый возле левого плеча пейсмейкер с ней боролся, часто борьба заканчивалась в пользу мерцаловки. Дед стал хуже слышать, забывал порой слова. Единственно, покуда не подводило зрение.

Семён прилетал, проводил с отцом по нескольку часов, грустно качал головой, когда мы оставались вдвоём: «Неважные дела. Скоро не сможет себя обслуживать».

Мы приняли решение нанять круглосуточную сиделку. Дорого, но не смертельно для нашего бюджета. Нам повезло — Полина оказалась порядочной, доброй женщиной. Винничанка, она находилась в стране на птичьих правах, то есть нелегально. Приехала в гости к дочери, выигравшей гринкарту, и осталась… Адвокат занимается её делом, пробует легализовать, на это требуются годы. Полина остро нуждалась в деньгах и согласилась обслуживать деда днём и ночью. Ходить в магазины, готовить еду, кормить, стирать, следить за приёмом лекарств. Мы с отцом платили ей в месяц две с половиной тысячи баксов наличными.

Я навещал деда в выходные. Разговаривать с ним становилось трудно. Он окидывал ничего не выражающим, затуманенным взором, иногда отвечал на вопросы, чаще молчал; внезапно внутри будто срабатывала пружина заводной игрушки, он оживлялся, начинал болтать без умолку, в речи проскальзывали здравые мысли.

Я купил деду электробритву — бриться по-старому, намазывать испаханное морщинами лицо кремом и аккуратно водить станочком mach3 по щекам и подбородку он не мог. Видеть его, глубокого старика, заросшего седой щетиной, было нестерпимо больно. С электробритвой он покуда справлялся, и Полина помогала.

…В эту субботу дед выглядел помолодевшим — электробритва делала своё дело. На нём была свежая ковбойка, неизменные пижамные штаны сменились цивильными серыми брюками с намёком на стрелки. Полина сказала, что деду выписали новое лекарство; ведёт себя последние пару суток приемлемо, ночами спит. Дед прислушивался и чему-то улыбался.

— Дед, ну ты как? Кажется, тебе получше. Выглядишь неплохо.

— Ни хорошо, ни плохо, — эхом повторил.

— Футбол смотришь по телеку? Английский чемпионат?

— И дождик кончился давно, и вышли в поле футболисты… — Отлично! Молодец!

Я поинтересовался, звонила ли Таня (бывшая жена не оставляет без внимания — Полина говорила). Дед не ответил, пожевал губами, проверил пальцем, на месте ли зубной протез.. Пауза длилась с полминуты.

— Шёл по территории Боткинской больницы и глотал слёзы, — прорезалось у него. — Мне сообщили про твои озлокачествленные клетки. Жутко звучит — оз-ло-ка-чест-вле-ние, — выговорил по слогам. — Зло, качество зла, будто у зла может быть качество, зло и есть зло; Пурижанский спас, сделал уникальную операцию, отделил холодный узел от трахеи. Ещё пара недель, и ты могла задохнуться во сне… Первое время немного хрипела, потом прошло, голос чистым стал. Я страшился думать о результате биопсии — чёртовы клетки, переродятся или не станут расти… Легла счастливая карта…

Я понял: он говорит с бывшей женой, я персонифицировался для него в Таню, мою бабушку. Он смотрел на меня, не видя меня. Обращаясь к бывшей жене, милостиво принимал моё присутствие в комнате и не более. Я его не интересовал.

— Я очень виноват перед тобой. Я не был хорошим мужем. Для тебя сын был самым важным существом на свете. Остальное не имело значения. Я не ревновал к Сене, было бы глупо… Его день рождения совпадал с днём рождения тогдашнего моего приятеля, мы начинали отмечать у нас дома и заканчивали у приятеля. Я там подрался, кто-то завёл меня и я полез махать кулаками, что мне несвойственно, ты бросилась в драку, стала разнимать: «Данюша, Данюша!» Ты любила меня. Я тебя тоже любил. По-своему. Я очень виноват. Прости, если можешь…

Фразы дед выговаривал отчётливо, смысл их выстраивался, не казался бредом, отнюдь.

Дед отпил из стакана приготовленный сиделкой чай, поднялся с дивана, прошёлся по комнате, шаркая тапочками, и снова сел.

— Ты отказалась ехать со мной в Нью-Йорк. Я расстроился, но не сильно, не буду лукавить. Сема поругался со мной. Я переживал. По прошествии лет он согласился — отец поступил правильно, в городе-рае зачах бы…

Я присутствовал при грустном действии: дед прощался с близкими, позволив мне находиться рядом. Мне выпала роль немого свидетеля. А может, род затейливого представления, дед нарочно разыгрывает меня? — вдруг подумал. И тут же отбросил несуразное предположение.

— Помнишь, Сеня, поездку в Звенигород, в пансионат, на Новый год? Катались на лыжах, спускались с горок на санках, шинах и просто фанерках, лёгкий морозец, солнце, красотища… За ужином я сделал тебе, девятилетнему, замечание: неправильно держишь нож, не режешь, а кромсаешь ветчину, показал, как надо, ты продолжал упрямствовать, делать назло — и тогда я ударил тебя по руке, несильно, ты не заплакал, только взглянул на меня так, что я вовек не забыл — растерянно, покорно, ненавидяще… Простил ли ты меня, Сеня, за мой поступок или держишь обиду в подкорке? Детская злопамятность ведь особая… Хочу верить, что простил. Как я простил отца, однажды выпоровшего меня по глупой причине. Представь картину: четверо мужчин в белых полотняных парах возвращаются из бани, несут под мышкой эмалированные тазики, шайки, как их называли тогда, и берёзовые веники, среди мужчин мой отец, статный, розовощёкий, красивый, лысина его сверкает на солнце. Меня переполняет любовь к нему, я качусь на трехколесном велосипеде ему навстречу, он хохочет, манит меня, я ни с того, ни с сего начинаю удирать, отец что-то кричит, я не слышу и продолжаю удирать. Отец зачем-то бросается за мной, снова кричит, приказывает остановиться, я с ещё большим азартом кручу педали… Он побил меня ремнём. Я ревел не от боли, от жгучей обиды — за что, почему, я ведь так люблю его... Он был нервным и вспыльчивым, мой отец, сказались сталинская тюрьма, фронт, ранение, контузия. Он часто снится — не умерший на моих руках от инсульта, а внезапно исчезнувший, растворившийся в людской массе, не подающий о себе вестей, но живой и это главное. Я ищу его повсюду, рыскаю по чужим домам, ношусь по Москве, где он работает, расспрашиваю знакомых — без толку. Изредка отец появляется, в неизменном френче и галифе, и вновь исчезает...

Дед говорил складно, как по-писаному, я вслушивался и вспоминал: кажется, цитирует самого себя, кусочки текста из написанного; бог мой, как в его затухающей памяти могут высветиться эти строчки?

— Когда дома умерла твоя любимая бабушка, мы с Таней отправили тебя на дачу, чтобы не увидел воочию смерть. Мы щадили тебя, ограждали от неприятностей. Это была ошибка. Ты обязан был видеть и слышать. И как бабушка агонизировала, и как мы с Таней пытались отдалить беду, и как санитары бросили равнодушно, точно замороженную рыбу, остывшее тело в «Скорую», следующую в морг — глухой безжалостный звук падения у меня до сих пор в ушах. Человек должен испытывать страдания, муки, горе, в противном случае превращается в нечто противоположное...

Дед не останавливался.

— В тебе, сын, уживаются жёсткость и сердечность. Ты любишь меня сдержанно, по-мужски, и вдруг вырываются эмоции. Два десятка лет назад я очутился в госпитале, меня разрезали, поставили три бэйпаса — дать свободный ход крови в забитых артериях и сосудах. Тебя срочно вызвали в Нью-Йорк, ты прилетел, увидел меня распластанного, беспомощного на второй день после операции и зарыдал. Я впервые видел твои слёзы, слёзы взрослого. Они дорогого стоили для меня. И тут же стал флиртовать с Сашей, молодой красивой женщиной, с которой у меня возник короткий роман и которая навестила в больничной палате. Не осуждаю ни в коем случае, слёзы и любовь идут по жизни рядом.

Он утомился, прилёг, накрылся пледом, смежил веки. Я подождал с полминуты, поправил плед, Полина пригласила выпить чая, я поднялся со стула, и в этот момент дед снова заговорил — не открывая глаз, нутряно, слегка назидательно, поучительно, казалось, звуки произносит кто-то посторонний, конфиденциально сообщающий важные сведения.

— Ты считал меня сильным, уверенным в себе, пробивным, бесстрашно берущим преграды. Ты мне льстил. Я — слабый, нерешительный, трусливый. Да, я — трус. Гнул спину, кланялся дерьму, приучил позвоночник изгибаться и пребывать в таком положении.

— Дед, я ничего подобного тебе не говорил. Ты путаешь.

Он не путал. Обращался вовсе не ко мне — мозг его мной не интересовался, я отсутствовал, присутствуя.

— Ты хвалил мои книги, писал рецензии, создавал мне имя. Я понимал — лукавишь. Однажды по пьяни проговорился: не рискующий писатель, не идущий по краю лезвия, не добьётся оглушительного успеха никогда, а ты, Даня, избегал риска. Словно приговор мне вынес. И добавил: писателя скандал делает и ничего более. И примеры привёл... Я тогда обиделся, после остыл, признал в глубине души твою правоту. Действительно, избегал ненужного риска в жизни и литературе. Стремился не совершать ошибок — и совершал их постоянно. С опозданием до меня дошло: только глупец боится совершать ошибки. «Безумствовал ли ты когда-нибудь?» — спросил знакомый врач-психотерапевт. Жизнь на излёте — что я отвечу ему? Пожалуй, да, безумствовал. Об этом роман написан про героиню без имени. Далее — смирение, покорность обстоятельствам, робкие попытки вернуть, что было «до». Не удерживай того, кто уходит от тебя. Иначе не придёт тот, кто идёт к тебе. Ко мне так и не пришёл...

...Дед *уходил* тихо и безропотно. Через пару месяцев он умер во сне, как праведник, хотя не был им.

16

Жизнь с Оксаной начинала напоминать перетягивание каната: кому удастся перебороть, перетащить на свою сторону, одержать верх. Спорили о разном: надо ли часто посещать рестораны или ограничиться домашней готовкой; как скроить бюджет, чтобы избежать минуса в конце месяца. Вопрос финансов волновал больше Оксану — я привык тратить деньги, не шикуя, но и не особо экономя. Подругу это злило.

У меня имелись некоторые обязательства перед друзьями, не хотел терять их, по субботам шли гурьбой в бар с танцами, Оксана пила наравне со всеми, веселилась (делала вид?), утром в воскресенье выдавала мне за то, что опять потратил двести с лишним баксов. Я пробовал объяснить — так живёт манхэттенская молодёжь, натыкался на непонимание и бросал попытку перевоспитать.

Продолжал долбить её требованием бросить работу и сосредоточиться на подготовке к экзаменам — она по-прежнему сопротивлялась.

Я сообщил новость: находящиеся в Штатах украинские беженцы смогут оставаться полтора года и получить право на работу. Программа называется Temporary Protected Status, сокращённо TPS. Отлично, правда! Это и для тебя имеет значение, если подашь на TPS, официальное разрешение на работу придёт гораздо быстрее... В ответ — разъярённое, как с цепи сорвалась: «Не тех защищаете! Под бомбами и ракетами мирные люди, не уехавшие, не беженцы. Именно они в защите нуждаются. У вас в Америке всё через жопу...»

Последние недели с ней что-то происходит, с тревогой думал я. Наши отношения перестают радовать.

Оксана была первой девушкой, с которой связывали постоянные, хотя и недолгие отношения. Я хотел понять её, делал скидку на раздвоенность: Нью-Йорк стал её обиталищем, мыслями же пребывала на родине, с матерью и отцом, друзьями, экипажем «Скорой», по-прежнему подбирающим раненых на удалении от Киева. Человек — функция, производное от обстоятельств, говорил дед. Обстоятельства складывались по-разному, Оксана часто нервничала из-за пустяков, в тоне голоса появились повелительные нотки. Она явно демонстрировала независимость. Она и впрямь была сильнее меня, желала командовать, не потому, что преследовала какие-то свои цели, — так получалось.

Мы занимались сексом почти каждый вечер. Оксана предупредила — не беременеет, поскольку ещё дома поставила спираль. «Так что, мой дорогой, можешь ни о чем не волноваться...» Секс примирял нас, снимал, словно опытный анестезиолог, недоговорённости, обиду, злость, делал невосприимчивыми к взаимному раздражению.

Однажды после соития заговорила о моей книге.

— Много накропал?

«Накропал» не понравилось. Слово какое-то сомнительное.

— Немного. Времени мало и опыта нет, я не писатель.

— А чего взялся?

— Ты уже интересовалась... Могу повторить: дед и книги его открыли многое. И сама его жизнь... Хочу во всём разобраться.

— В романе, где про бабушку, Ляля сбоку припёку, жгучая страсть и не более, героиня — не она, а другая, деду твоему счастье принесла и несчастье одновременно. Он настрадался и причинил страдания любимой женщине. Такой жизни баснословной можно позавидовать.

— Баснословной? Что это означает?

— Ну да, у тебя же русский неродной, — с подколом. — Означает крутой, невероятной, необыкновенной жизни. «Я знал её ещё тогда, в те баснословные года...»

— Кто сказал?

— Тютчев. Слыхал о таком?

Ехидство оборачивалось наглостью. Выпендривается подруга, образованность хочет показать. Я пять американских поэтов назову — ни одного не читала, уверен. Тютчев... Незнакомое имя...

— Прочти ещё какой-нибудь его стих.

— Проверяешь мою начитанность? Так, дай вспомнить… «Умом Россию не понять, аршином общим не измерить, у ней особенная стать — в Россию можно только верить». Да… Почтовую марку у нас выпустили, интернет-мем: «Русский военный корабль, иди нахуй!». Вот и вся вера. Будь она проклята, подлая страна и язык её поганый, и её кумиры.

Оксана завелась с полоборота. Трогать её сейчас было опасно.

— Russian warship, go fuck youself! — автоматически перевёл я.

В минуты расслабухи в постельных беседах не избегали тему секса. Как-то я полушутя предложил подруге повторить изображённую дедом сцену с Лялей.

— Перебьёшься! — мигом отреагировала.

— Но если очень попрошу? — и нежно поцеловал её сосок, мгновенно нагрубший.

— Я не девка панельная! Чувства надобно иметь, любить самозабвенно, раствориться в любимом полностью, понял?

— Выходит, ты меня не любишь?

— Пошёл знаешь куда? — уже не зло, скорее снисходительно, увещевательно.

— Туда, куда пошёл русский военный корабль?

— Абсолютно точный адрес. Молодец, запомнил.

Оральным сексом она занималась под настроение. Неизбытая мальчишеская застенчивость мешала изъясняться предельно откровенно: «Возьми в рот», я заменял эвфемизмом: «Поцелуй его». Она хмыкала и целовала.

Так мы и существовали бок о бок, считая, что любим друг друга.

— Как ты думаешь, сколько война продлится? — спрашивала Оксана.

— Думаю, долго, будет изнурительной. На истощение. Столько, сколько Дракон править будет. Горячая фаза холодной сменится и далее по кругу.

— Я верю — отстроят Украину, Запад, какой ни есть, поможет. И люди вернутся, не все, к сожалению.

— Дракон не даст. Представь картину. Харьков возродится из руин, жизнь наладится, а Дракон возьмёт и шмальнет рекетами — и новые красивые здания снова в груду обломков превратятся.

— Удивительная способность портить настроение... Возможно, ты прав, от этого *коломытно* становится.

Слова этого я не знал, по смыслу догадался.

— Часто назойливая мысль одолевает. Что если наступит усталость Запада помогать, и сами украинцы устанут надеяться на лучшее? Шок от войны пройдёт, наркоз действовать перестанет, в сухом остатке разруха, нищета, десятилетие на восстановление, в лучшем случае.

— Ленд-лиз ваш американский останется.

— Этого мало. Европа... Чёрт её знает, как поведёт себя. Мы помним историю...

Оксана смотрела на меня насупившись.

— Украину некоторые политики европейские к переговорам с Драконом толкают, а это беда, провал, поражение. Он не отдаст и пяди захваченной земли, — продолжал я. — После передышки, зализывания ран пойдёт дальше откусывать территории.

— Выходит, война до победного конца... Где этот конец?

— Никто не знает.

Я вышел из офиса и спускался в сабвэй, когда на запевшем «Севильского цирюльника» мобильнике высветилось — «Марина». В Киеве ночь, звонок в неурочный час, что случилось? Вообще-то Марина звонила редко, контакты шли через Оксану. Я остановился и включил связь.

— Не пугайся. Ничего экстренного, — упредила естественный вопрос. — Я на дежурстве в больнице, Толя на блок-посту. Что у вас?

— Никаких новостей. Всё нормально.

— Настроение её? Не куксится, не вредничает? За ней такое водится.

— Да нет.

— Наши дела ты знаешь. Никакого просвета. Война надолго. Пока не иссякнут силы и помощь западная. Тогда будет весело.

Зачем она звонит, я же в курсе всего. Недоговаривает, не решается высказать — или мне мерещится?

— Я волнуюсь. Сердце материнское не обманешь. Дочка что-то задумала. Тон разговора обычный, вроде ничего такого, но...

— Я ничего не чувствую.

— До мужчин часто доходит с опозданием.

— Что вы имеете в виду?

— Если бы сама знала... Душа не на месте. Поговори с ней откровенно, по-мужски, заставь открыться.

— О чём говорить-то? Не понимаю.

— Начни, дальше само покатится, увидишь...

Такой телефонный разговор. Я встревожился. Просто так Марина не станет беспокоить. Туманный намёк...

В субботний вечер за ужином возможность поговорить представилась.

— Звонила твоя мама. Спрашивала, что и как у нас.

— С чего вдруг? Чуть ли не ежедневно имэйлы посылаю. И звоню.

— Видно, ты не до конца откровенна, Марина волнуется.

— Что значит «не до конца»? Я ничего не утаиваю, ни от неё, ни от тебя.

— Можно напрямую? Меняются планы по поводу меня, нас? Нашла какого-то волонтёра и наладить с ним отношения решила?

— Тю, дурень! Я на блядь не похожа. Если бы вдруг случилось, первая тебе сообщила. Будь спокоен — изменять не собираюсь.

— Тогда что? Отчего Марина нервничает?

— У неё и спроси. И вообще, кончай допрос. Мне неприятно. Подозрения беспочвенные — худшее, что нас может ожидать.

И я замолк.

Через пару недель всё открылось. Оксана передала в конверте деньги. Прежде так не делала — семейный бюджет наш строился без твёрдых правил: купюры лежали в платяном шкафу, каждый мог брать сколько нужно. Еда, бары, рестораны и прочее оплачивались моей кредиткой Master Card. Ещё одна — Visa — была общей. Оксана пользовалась ею редко, неохотно, некоторые покупки, маникюр и педикюр делала на наличные, которые ей в обход правил платила хозяйка магазина. Никаких денег я у неё не брал. И вот — конверт со значком доллара и цифрой 800 посередине.

Я не успел удивиться, как она раскрыла секрет.

— Возвращаю стоимость авиабилета в Киев. Со страховкой восемьсот. Оплатила через Visa.

— Какой билет? Ты ничего не говорила. Ты летишь в Украину?

— Да, лечу. Через десять дней. Чтобы снять остальные вопросы, поясню: билет в один конец, только «туда».

Я стоял ошеломлённый. Мысли путались, как нитки в пальцах неопытной вязальщицы. Вмиг соткался образ деда — наверное, чувствовал примерно то же при внезапном прощании с N и её ударе под дых.

— А как же я... наши отношения... — бормотал, точнее, мямлил я. В эти мгновения был противен себе.

— Не знаю... Я должна вернуться. На сколько, ситуация подскажет. Возможно, на время, возможно, навсегда.

Моё полуобморочное состояние проходило. Взамен — гнетущее оцепенение, голова наливалась, становилась тяжёлой, как чугунная опока. Длилось секунды, после чего захлестнула ярость.

— И это после всего, что я для тебя сделал?! Я и моя семья. Ты обо мне подумала? Как я жить буду? Я люблю тебя! Не представляю разлуку...

Я готов был её ударить — наотмашь, больно, по лицу. Она поняла, отшатнулась. Щёки побледнели, глаза... глаза стали умоляющими, беззащитными, безоружными, напомнили ту первую фотографию. Ярость погасла. Я почувствовал опустошение...

— Давай объяснимся. Предательство — жить тихо-мирно, безопасно, словно в ореховой скорлупе, когда твои родители, друзья, просто люди, сограждане, под бомбами, ракетами, снарядами, воюют, борются, погибают. А я отсиживаюсь... Думаешь, почему не захотела учиться, подтверждать диплом? Меня с первых дней грызла, лишала покоя мысль, что сбежала. Да, сбежала, удрала. И что всё равно домой вернусь. Во сне вижу, как вместе с ребятами ношусь по дорогам на «Скорой» и подбираю раненых бойцов... Я больше не могу так жить, не могу! — и зарыдала.

Я послал в Киев подробное сообщение. Получил утешительный ответ: Марина извинялась за дочь, стало понятно — смирилась с решением Оксаны. В постскриптуме было: «Ты дорог нашей семье. Мы бы очень хотели видеть тебя мужем Оксаны, но, пока идёт война, это невозможно. Так считает дочь. Приезжай в Киев, будь рядом с ней, она любит тебя, поверь. Вы должны быть вместе, несмотря ни на что».

Оставшиеся до отъезда дни пролетели мигом. Семён и Надя успокаивали, просили не делать скоропалительных выводов, не принимать непродуманных решений. Я понимал, на что намекают. Звонила бабушка Таня, заученно твердила: «Спроси своё сердце и поступай, как оно подскажет». Сердце подсказывало одно, трезвый ум — другое. Я ощущал себя слишком трезвым, рациональным, правильным. И вновь вспоминал «Разрозненные мысли» деда: «Ошибки многих заключаются в том, что они живут по правилам. А правил на самом деле не существует». Но ведь и он жил по правилам, которых не существовало...

С Оксаной мы не обсуждали наши чувства, зато еженощно до изнеможения занимались сексом. Так, по-видимому, приговорённый к казни с аппетитом поедает последний специально приготовленный обильный обед... Буравило, прожигало насквозь: мы не можем навсегда расстаться. И сорваться с места и отправиться в Киев я тоже не мог, поступок выглядел бы безумным. Мы погрузились в события, тягостные, как старческое соитие. Это *не моя война* — пульсировало в висках спасительное, я — сторонний наблюдатель, не более, шальной волной прибило Оксану к моему берегу, и так же шальным образом волна отхлынула. Некого и незачем винить — таковы обстоятельства.

...День её отъезда запечатлелся мертвенно-бледным лицом, срывающимися на шёпот словами прощания, последним объятием — и провалом, теменью. Я вернулся домой и бухнулся в постель, пахнущую её кожей, волосами, плотью, и провалился в бездну, проспав двенадцать часов.

...Наступила суббота, ехать в офис не требовалось. Я валялся в койке и, странное дело, не ощущал грусти, печали, тоски, дышалось незатрудненно, легко, будто сбросил тяжкий груз. Разрозненные мысли, мои, а не деда, обретали стройный порядок. Сейчас открою мобильник и прочту очередное сообщение от Оксаны — наша переписка не прекращается. Что ответить? Напишу, что возьму на работе отпуск за свой счёт, сколько дадут — месяц, два, три — и прилечу в Киев. Не дадут отпуск — уволюсь. Произношу внезапно вырвавшиеся, непривычные слова — и истаивают волнения, страхи, я кажусь себе смелым, бесшабашным, рисковым парнем, каким прежде не был.

Получил бы благословение деда, будь он жив? Наверняка. То, что не удавалось ему, исполнит внук.

Флорида — Нью-Йорк, 2022